銀河ホテルの居候

また虹がかかる日に

ほしおさなえ

集英社文庫

CONTENTS

銀河ホテルの居候　また虹がかかる日に

第1話　夜の沼の深い色　Baltic Memories

1

終わった……。

身体《からだ》がゆらりと揺れ、落ちる、と思った。

夜の新宿駅のホーム。いまではたいていの駅にあるホームドアがこの駅にはない。乗降客がこんなに多いのに。いまだって人が川のように流れているのに。

思えば今日は朝から調子が悪かった。いや、数日前、いやいや、もしかしたら先週か先々週からずっと。いつも疲れているし、会社でふらつくこともあった。だが、休めない。日々帰りも遅い。眠らないと、と思うあまり、よく眠れない。疲れも取れない。そんな悪循環で、身体がうまく動かなくなっていた。

今日は少し早く会社を出られた。それがかえっていけなかったのかもしれない。駅はごった返していた。通勤客だけでなく、遊びにきた若者やら外国人観光客やらが予測のつかない動きをして、目がくらくらした。少しでも人のいないところを探すうち、ホームの縁に追いやられた。

そうして倒れた。目の前が真っ白になり、自分が倒れるのがわかった。

時間がゆっくりに感じられる。頭は妙に冴《さ》えていた。

線路に落ちる、もう終わった、いや、これはもしかしたら転生もののはじまりで、目が覚めたら異世界にいるのかもしれない、魔法が使えるようになっているのかもしれない……。学生時代によく見ていたアニメが頭をよぎり、そんなわけないだろう、と失笑した。


黒い沼の前にいる。ひゅううと風の音がして、見ると目の前に男のうしろ姿があった。僕よりだいぶ背が高い。いや、どうやら地面を見ると、僕の身長が縮んでいるみたいだ。小学生？　いや、小学校にあがる前くらいの……。あの沼は見たことがある。緑がかった深い青の暗い沼。いつだったかこんな場所に行った。

そうだ、たしか父さんと……。

はっと前を見る。うしろ姿の男の背中に見覚えがある。

あれは、父さんだ。僕が子どものころに亡くなった父さん。ということは、ここは死後の世界？　やはり僕は死んだ？　一歩前に踏み出し、話しかけようとするが声が出ない。どうすれば声が出るのかわからず、もがいた。

「父さん……！」

思いがけず大きな声で叫んでいて、自分の叫び声で目が覚めた。

そのとたん、身体じゅうに激痛が走った。頭上に白い天井がある。見覚えはない。だがふつうの天井だ。駅での出来事が頭によみがえる。僕は新宿駅で倒れた。そして、線路に落ちた……？

だが、死んではいないみたいだ。異世界に転生してもいない。腕には点滴の細いチューブ。ここは病院だ。腕をあげることはできる。両方の脚も動く。だがとにかく身体じゅうが痛い。

「ああ、目が覚めましたね」

部屋にはいってきた看護師らしき女性が僕の顔をのぞきこむ。

「ええと、僕は……。なにがあったんでしょうか？」

「新宿駅で倒れられたんですよ。それで、線路に落ちたんです」

看護師が言った。

「落ちた……んですか。でも、死んでない……」

「ええ、落ちただけで死ぬ人はあまりいませんよ。近くにいた人が緊急停止ボタンを押してくれたみたいです。やってきた駅員さんたちに運びあげられて、救急車でここまで……。でも、落ちたときに怪我《けが》をしてますからね。シャツは血だらけですよ」

「え、そうなんですか」

身体を起こそうとすると激痛が走り、思わず声をあげた。

「痛いですよね。骨折しているところがあるかもしれないので、あとでレントゲンを撮りますね。近くにいた方によると、転んだり他人から押されたわけではなく、ふらっとよろけて倒れたということみたいで。落ちる前に意識はありましたか？」

「いえ、それが……。急に目眩《めまい》がして、目の前が真っ白になって……」

「どちらにしても落ちて頭を打っている可能性もあるので、脳の検査もします。目眩で意識を失ったとなると、病気の可能性もありますから。とにかく、いま先生を呼んできますね」

看護師はそう言って部屋を出ていった。

ひとりになると、いま看護師の言った病気という言葉が黒い霧のように胸のなかに広がった。たしかにずっと体調は悪かった。

大学を卒業し、いまの会社に就職して一年数ヶ月。建築資材を扱うメーカーの営業職で、入社したときから激務が続き、同期はひとり、ふたりと抜けていった。残業が多いことよりも、社内の雰囲気が悪いのが問題だった。常に不機嫌で、憂さ晴らしに怒鳴り散らす上司、後輩に仕事を押し付けて知らんぷりの先輩、ハラスメントまがいの行為をしてくるクライアント。

押しが弱いせいかいまひとつ業績がのびないことも手伝って、上司や先輩から叱責される日々。といっても、辛《つら》いのは別に僕だけではない。僕より成績がいい同期は仕事を山のように押し付けられ、悲鳴をあげている。

結局一年のうちにほとんどの同期が会社を去り、その皺寄《しわよ》せが残った僕たちにきている。そもそも我慢する性格の人しか残っていないし、忙しすぎて転職活動もままならない。見つかったらどんなひどいことを言われるか、という恐怖もあるし、自分が辞めたらほかのメンバーがさらにたいへんなことになるのもわかっているから、みんな顔色が悪いまま働き続けている。

春になって新人が入社してきて、負担をかけないようがんばっていたつもりだったが、新人のなかにはなにも言わずに会社を去る人もいて、その穴埋めもしなければならず、疲労困憊《ひろうこんぱい》だった。眠れないし、食欲もない。顔色はいつも悪く、体重も減った。

毎朝鏡を見るたびに、若くして死んだ父のことを思い出す。父はもともと身体が弱く、僕が五歳のときに死んだ。まだ四十代だった。うちの一族は軽井沢《かるいざわ》で小さなホテルを経営している。父も若いころからそのホテルで働いていた。

五歳のときのことだから、僕はあまり父のことを覚えていない。病気がちであまりいっしょに遊べなかったということもあるのだろう。だが、父はいつもほがらかだった。僕を叱ったことはない。常に僕の話をやさしく微笑《ほほえ》んで聞いてくれた。

父は亡くなる半年前に医師から余命宣告を受けていたらしい。高校生になって母からそう聞いた。だが、父は亡くなる直前まで、それまでと同じようにほがらかだった。いや、最後の半年がいちばんよく笑っていたように思う。

僕はどんどん痩せていく父を見て、不安でならなかった。父の命がなにかに吸い取られていくような気がした。だが、父がにっこり微笑んで、大丈夫だよ、と言うと、大丈夫に思えた。それはほんとは嘘《うそ》だったのだけれども。

父が若くして死んだからなんだろう。僕はなんとなく自分もそうなるような気がしている。僕は父のような虚弱体質ではない。大人になるまで大きな病気をしたこともない。だが、子どものころからいつも死のことを考えていた。

「意識が戻ったみたいですね」

入口から声がした。白衣にサンダル履きの男が急ぎ足ではいってきた。この人が医師なんだろう。

「大丈夫ですか」

「はい。身体はあちこち痛いですが。僕はホームから落ちたんですよね。直前までの記憶はあるんですが……」

「近くにいた人の話だと、ふらついて落ちたとか……。酔っ払っていたわけではないんですよね」

「はい、お酒は一切飲んでないです。目の前が急に真っ白になって、身体がぐらっとなって。このままだと落ちる、と思ったんですが、どうにもなりませんでした」

「なるほど。気を失ったり、倒れたりしたことはこれまでにもありますか？」

医師がメモをとりながら訊《き》いてくる。

「ありません。ただ最近寝不足でしたし、食欲もなくて、ずっと体調が悪くて……」

「なるほど。寝不足や食欲不振はいつぐらいからですか？」

「いつ……」

明確に体調が悪くなったのは、新入社員のひとりが急に会社に来なくなったときあたりだった気がする。日々胃がきりきりと痛んで、なにも食べられなくなった。だが、考えてみれば食欲不振も寝不足もそれよりずっと前から続いていた。

今年度にはいってから？　いや、三月、睡眠不足で会社に行きたくない、と思いながら、卒業式に行くのであろうスーツや袴《はかま》姿の大学生たちを駅でぼんやりながめていた気がする。いや、よく考えたら正月だって……。ほんとうなら実家に帰るつもりだったのに、体調が悪かったから帰省を取りやめ、家でひとりで年を越した。

正月前にはもうすでに体調が悪くなっていた。いまは六月。つまりもう半年以上不調が続いていたということか。気づいてぞっとした。日々会社に行くだけで精一杯で、自分の身体のことなど考えている余裕がなかった。

「半年くらい……だと思います」

ようやくそう答える。

「半年ねえ……。お仕事は？」

医師がため息をつく。

「会社員で、営業職です。入社二年目で……」

「忙しいですか？　残業は？」

「そうですね、残業は……たぶんほぼ毎日で……週の半分は深夜まで会社にいて……」

そこまで話したとたん、急に涙が出そうになった。

「過労気味だったのかもしれないですね。目眩を起こしたとなると病気の可能性もありますから、明日から、そちらの検査もしていきます。今日はとりあえず落ちたときに骨折していないか、脳に異常はないかを調べるために、レントゲンと脳の検査をします」

「はい……」

「しかし、良かった。まあ、今回はちがうだろうとは思ってたんですけどね。ほら、なかには自分から飛びこむ人もいるでしょう？」

「あ……」

飛びこみ自殺か。

「なんでちがうってわかったんですか？」

「電車が来ていないときに落ちてますからね。死にたい人は電車が来たときに飛びこむでしょう?」

医師はあたりまえのように言う。さっき看護師に落ちただけでは死なない、と言われたのを思い出した。

「でも、酔っ払ってよろけて、とか、人にぶつかって、とか、あなたみたいに目眩でふらついて、とかで落ちても、たまたまそこに電車がはいってきたら死にますからね」

医師はあっさり「死にます」と言って、ははは、と笑った。その言葉を聞いて、人が電車にぶつかる光景が頭のなかをよぎり、思わず目を閉じた。

「あと、深夜でホームにあまり人がいないときなんかはね、人知れず落ちちゃうことだってあるでしょう? まあ、駅員がカメラで監視してるんでしょうけど。あなたは運が良かったんですよ、近くに人がいて、緊急停止ボタンを押してくれたみたいですし」

緊急停止ボタン。さっき看護師もそんなことを言ってたな。ホームを歩くたび、こういうものがあるのか、とぼんやり思っていたが、あれが押されたのか。

「そういえば、電車を止めると多額の請求が来るっていう話を聞いたことがあるんですけど」

ふいに思い出して訊いた。通勤時間に飛びこんだ人の家族に、何千万円という賠償金の請求がいったとか。もしそんな請求が来たら……。

「今回は大丈夫なんじゃないですかね。電車も少し止まったみたいですけど、数分だったと聞きました。その場にいた人たちの協力もあって、すぐに引きあげられたみたいですよ」

医師がのんびり言った。その場にいた人たち……。名前もどこのだれかもわからないその人たちには感謝の言葉しかない。お礼の言いようもないのだけれど。ＳＮＳで発信する？　しかし会社に知られたらこれもまた大ごとだし。

ああ、会社……！　そういえば、明日も検査という話だったが、会社はどうすれば……？　それに検査？　今日はこのまま入院ということなのか？　帰れと言われても全身が痛くて、ひとりで帰れる自信はないけど……。

「あの、すみません、今日はその検査のあと、どうしたらいいんでしょうか？　明日検査という話でしたけど、会社はどうしたら……」

「会社？」

医師があきれたように僕を見た。

「会社は休んだ方がいいんじゃないですか？　骨折しているかどうかはわかりませんが、その怪我じゃ、まともに動けないと思いますよ。営業職なんでしょう？　その状態でお仕事に行ってもねえ」

医師が哀れみのこもった目で僕を見た。

会社を……休む……?

明日の朝、電話するしかない。そのことを考えると胃がキリキリと痛んだ。だがたしかにこの身体で会社に行っても、さらに胃が痛くなるようなことになるだろう。

「頭も打っているようですし、念のため今晩はこのまま入院された方がいいと思いますよ。さっき家の方に連絡したら、明日の朝いちばんにこちらにいらっしゃるという話でしたし」

「え?」

家の方に連絡? 明日の朝いちばんにこっちに来る?

それって……?

「もしかして、母のことでしょうか?」

「ええ、すみません、念のため荷物を確認して、手帳にご家族らしいお名前があったということで。スタッフが上原由香《うえはらゆか》さんという方に連絡したところ、明日の朝、車でこちらにいらっしゃると……」

上原由香。つまり僕の母親である。

もう伝わっているのか。暗澹《あんたん》たる気持ちになった。

「入院代も治療費も払うからそのまま入院させてくれ、とおっしゃっていたみたいです。いちおう、意識が戻ったことはさっき連絡しました。あとでご本人からも連絡した方がいいかもしれませんね。かなり心配されていたようですから」

「はい……。わかりました」

母にだけは心配をかけたくなかったのに……。考えてみれば、正月に帰らなかったのも、帰ったら顔色が悪いと心配されると思ったからだ。しかし、もう伝わってしまったのだ。仕方がない。

看護師に手伝ってもらって血だらけの服を脱ぎ、病院で借りた病衣に着替える。スーツは予想以上に血まみれになっている上、あちらこちら破れていた。たいへんな事故だったんだな、と他人事《ひとごと》のように思い、死ななくて良かった、とほっとした。しかし、これはもう着られそうにない。

レントゲンとＣＴスキャンの検査を受け、結局骨折はなく、脳にも損傷はないみたいだった。だが全身打撲で、あちこち捻挫している。顔に傷はなかったが、後頭部に大きな傷があって数針縫った。落ちる前に気を失っていることから、精密検査も受けなければいけないらしい。

検査と手当が終わると、さっきとは別の入院用の病室に案内された。六人部屋で、ピンクのカーテンで仕切られている。もう夜遅いせいだろう、カーテンはすべて閉まり、寝しずまっていた。看護師に言われるまま、割りあてられたベッドに横たわった。

なんだかたいへんなことになってしまった。しかも明日は母もここに来るという。

そうだ、連絡しないと……。

もう遅いから電話はやめ、スマホを取り出し、母にメッセージを送った。骨折や脳の損傷はないことを書き、「念のため」検査は受けるが、すぐに退院できると思う、と書く。とりあえず少しでも心配を軽くしておきたい、という気持ちだった。

送るとすぐに既読がつき、母から返信がきた。

――心配したけど、とりあえず大事にならなくて良かったね。明朝は車でそちらに行きます。ゆっくり休んでください。

どう答えたらいいかわからず、リアクションだけ送る。それから課長にも連絡を入れた。事情を説明し、明日は休みますと打って、スマホを閉じた。

2

朝、目が覚めるといきなりベッドの横の椅子に母が座っているのが見えた。一瞬なにが起こったのかわからず、身体の痛みで昨日の夜の出来事を思い出した。

母はタブレットに目を落としている。車で来ると言っていたが、もう着いたのか。そう思って時計を見ると、八時を過ぎていた。

こんな時間まで寝ていたのか。ここ数ヶ月、夜もよく眠れず、何度も目を覚ましていたのに、なにかの部品が外れたかのように爆睡していた。

「母さん」

「ああ、目が覚めたのね、良かった」

母が僕を見てほっとしたように息をついた。

「今日はいろいろ検査があるから、朝食は抜きなんですって。さっき看護師さんに、九時半ごろに呼びにきますから、それまではゆっくり寝ていてください、って言われて」

母が言った。

「ごめん。また心配かけてしまった」

僕はなんでこうなんだろう。

小学生のころは同級生に馴染《なじ》めず毎日泣いてばかりいたし、中学・高校時代は不登校になりかけた。大学で東京に出て、ようやくなんとか自分の居場所を見つけたと思ったのに、就活は全然うまくいかず、秋まで引っ張ってしまった。

母は何度も、こっちに戻ってきてうちのホテルで働けば、と言ったけれど、これ以上母の世話になるのはどうしても嫌だったから、就活を続けてなんとかいまの会社に就職したのだ。

「それはいいんだけど……。旬平《しゅんぺい》、ちょっと痩せすぎじゃない？　お医者さんから聞いたわよ。落ちる前に意識を失っていたみたいだって。寝不足と食欲不振で、ずっと体調不良だったんでしょう？　なんで言わなかったの？」

「言ってもしょうがないだろ」

　僕はうつむいた。

「大人なんだから、いろいろあるよ。母さんに泣きついてなんとかなるのは子どものときだけ。いつまでも頼ってるわけにはいかないんだから」

　顔をあげて、母の顔を見た。

「だからって、全部自分で抱えこんでもしょうがないでしょう？　実際、体調が悪くなってるんだし。いろいろ調べたのよ、旬平の会社のこと。就活系の口コミサイトで見たら、かなりブラックで、新人はどんどん辞めてるって……」

　なんでそんなことまで調べてるんだよ、と思ったが、新人がどんどん辞めているというのは事実である。入社する前、大学の友人からも心配されたのを思い出した。でも、あのときはそれしかなかったんだ。そこしか内定が取れなかったし、残業が多くても、がんばればなんとかなると思ってしまった。

　常に母に守ってもらっている自分が嫌だった。このままでは自分はダメになる。だからひとりでなんとかしたかった。それに、うちのホテルで働くというのは、つまり接客業ということだ。

　接客なんてできるわけがない。そう思って企業に就職して、結局営業職になって取引先と向き合っているわけだが、もちろんうまくいっていない。日々取引先から苦情を言われ、上司に怒鳴られている。

　ホテルでもうまくいくはずがない。そんな姿を母に見られるのは嫌だった。要するに、母の前でいい格好をしたいだけなのかもしれない。マザコンと言われても仕方がない。

　僕がここまで無事成長できたのは、まちがいなく母のおかげだ。父の死後も、母はホテルで働き続けた。支配人を経て、いまは社長だ。ほとんど休みはない。でも、僕になにかトラブルがあればそちらにも全力で取り組んでくれた。まわりからは頼りない息子を背負って孤軍奮闘しているように見えていたことだろう。

「旬平が自分ひとりでがんばりたいと思っているのはわかるし、それを止めるつもりはないよ。でも、倒れるまで体調が悪くなるような会社はどうなの？」

　問題があることはわかっていた。僕だけが叱責され、体調を崩しているんだったら、僕に問題があるということなのかもしれない。でも、うちの会社で調子が悪くなっているのは僕ひとりじゃない。身体や心を病んで会社を去っていった人も大勢いる。

　そう思ったとき、枕元のスマホが鳴った。課長だった。

　昨日寝る前に休むことは連絡していたが、電話に出ると例によって怒鳴っている。今日は検査があって、と説明すると、大きなため息と、明日は来られるんだよね、という声が聞こえた。わかりません、今日の検査を受けて、と言いかけたところで、いい加減にしろ、とまた怒鳴られた。

とにかく謝り続け、状況がわかったら連絡します、と言って電話を切った。

「もう辞めた方がいいんじゃないの、その会社」

母の言葉にぎくっとした。

「会社はお前の親じゃない。健康管理くらい自分でしろ。迷惑だ、って、ねえ」

さっき電話の向こうで課長が怒鳴っていた言葉だった。あまりに声が大きいので、スマホから漏れて聞こえていたみたいだ。

「たしかにきびしいけど、実際その通りだとは思うよ」

僕がそう答えると、母は大きくため息をついた。

「でもねえ、その会社に人生を捧《ささ》げちゃっていいの？　うちに戻ってこいってことじゃないよ。東京で別の会社を探してもいい。でも、とにかくその会社に勤めてるうちは転職活動なんてできないだろうから、辞めないと話がはじまらないでしょ」

「けど、いま僕が辞めたら、ほかの同期が……」

「足抜けできないってことだよね。わかるけど、そんなこと言ってたら、身体壊して取り返しのつかないことになるかもしれない」

そう言われて、また父のことが頭をよぎった。

「とにかく、今日明日でしっかり検査してもらいなさい。会社からなにを言われても、検査が終わるまでは休みなさいよ」

　母に強い口調で言われ、逆らえなくなる。とにかく検査だけは受けないと許されない感じだ。検査って今日一日で終わるんだろうか？　明日は会社に行かないと……。

「上原さん、そろそろ検査の時間ですので、準備してください。どうですか、歩けそうですか」

「ええ、まあ、なんとか」

　上半身から落ちたのだろう、怪我は上半身に集中していて、脚は無事だった。だから歩くことには問題がない。胸や肩に痛みが走ったが、なんとかひとりで立ちあがった。


　機械の予約が取れずに今日はできなかった検査もあり、あと二日入院することになった。会社にそのことを連絡しなければならないと思うと、また胃がキリキリと痛んだ。母は今日のうちにホテルに戻らなければならないらしく、夕方には病院を出ていった。

　夜ひとりになると、母に言われたことを思い出し、ほんとうになんのための人生なのかわからないよな、と思った。たしかに会社のために生きていたって、なにも残らない。しかしとりあえず、明日明後日《あさって》休むことを伝えないと。

　課長宛のメールを書き、送信したとたん、また怒鳴られるのかと気が重くなった。母に言われたことがぐるぐる頭のなかをめぐる。昨日は事故の直後だったせいかぐっすり眠れたが、今日は寝つけず、まんじりともしないまま朝になった。

今日は循環器系の検査だと聞いていた。九時半になり、看護師が迎えにきた。いくつかの部屋をまわり、検査を受ける。検査がすべて終わったところでスマホを確認したが、会社からのメールも、電話の着信履歴もない。

メールしたから大丈夫ということなんだろうか。少しほっとしたのか、病室に戻ってベッドに横たわったとたん、眠りに落ちた。

物音がして、目が覚めた。窓の外は暗くなりはじめていた。時計を見ると六時。検査が終わったのが四時だから、二時間近く眠っていたということだ。

「すみません、起こしてしまいましたか」

少し離れた場所に、同僚の筧《かけい》さんが座っているのが見えた。同期入社でとなりの課の男だった。僕と同じように顔色が悪く、目の下に隈《くま》ができていた。

「筧さん。どうしたんですか。会社は……？」

となりの課も僕の所属する課と同じで、毎日残業が続いている。筧さんもここ数ヶ月、毎日深夜まで会社にいたはずだ。なのに、なぜこんな時間にここに……？　なんだか嫌な予感がした。

「いえ、伝えることがありまして……。林《はやし》課長に病院を聞いて……」

林課長とは、あの電話口で怒鳴り散らしていた僕の上司である。

「すみません、もしかして解雇ってことですか？」

　おそるおそる訊いた。二日間、事前の届けなしに休んだ。しかし、事故だったのだし、連絡も入れている。解雇したら、労働基準法に反するだろう。それでもそういうことをしかねない会社だった。

「いえ、そうじゃないんです。会社、潰れました」

　一瞬、意味がわからなかった。

　潰れた？

「え、潰れた、って……？」

「去年の夏ごろから経営不振だったみたいです。資金繰りに失敗して……」

　筧さんが落ち着いた口調で言った。

「でも、そんな話……」

「ええ。だれも知りませんでした。林課長も、うちの課長も。朝、緊急で全社員が会議室に呼ばれて、副社長から、会社は倒産します、今日で皆さん解雇します、って」

「倒産……解雇……」

　今朝課長から電話がなかったのは、そのせいだったのか。

「めちゃくちゃですよね。でも、なんとなく勘づいていた人たちはみんな辞めていっていたみたいですよ。僕も退職した先輩から、数週間前に聞きました。でも、転職をがんばるような気力もなくなってて……。もういいかな、って」

寛さんがため息をつく。

「会社の雰囲気が悪くなってたのもそのせいみたいです。上司はみんな真っ青になってました。解雇予告手当は出るみたいですけど、いきなり明日から無職ですからね。でも、なんか僕はほっとしちゃって。これであの会社から逃れられるんだ、って」

そう言って、うっすら笑った。

「でも、どうするんですか、これから」

「どうもこうも、転職活動をするしかないですよね。まあ、残業続きでお金を使うヒマもなかったから、貯金はありますし。それに倒産による解雇なんで、失業保険もすぐ出ると思いますよ。とにかく良かった。もうあの会社に行かなくていいんですよ」

寛さんが晴れ晴れとした顔になる。

「そのことを知らせに……？」

「ええ、上原さんにはいろいろお世話になりましたし」

「お世話って？」

寛さんはとなりの部署で、仕事上はほとんど接点がない。

「入社したばかりのころ、いろいろ教えてくれたじゃないですか。周辺の飲食店とか、コンビニとか銀行の場所とか」

そういえばそうだったかもしれない。たまたま会社が大学と近い場所だったから、周辺のことにくわしかった。

「あの会社で人間らしいと思えたのは上原さんだけだったんですよ。同期もね、みんな従順だけど、なに考えてるかわからない人ばっかりで」

たしかに、と思う。いま残っている連中はとくにそういう傾向が強い気がする。僕も含め、自分で判断することができない、気の弱いタイプの人間ばかり。

「上原さん、ホームから落ちたんでしょう？　たいへんでしたね。怪我は大丈夫なんですか」

急に筧さんが話題を変えた。

「うん。骨折はしていなかったみたいです。頭を少し縫ったけど、異常はないらしくて」

「良かったですね」

筧さんがにっこり笑った。こんな笑顔ははじめて見た、と思った。

「ただ、落ちる前に、目眩がして意識を失ってたみたいなんですよね。それで、いちおう精密検査を受けることになったんです。検査が終わったらとりあえず退院できるみたいです。でももう会社がないから、行くところ、ないですね」

そう言って苦笑いした。

「そうなんですね。怪我もあってたいへんだと思いますが、会社に私物を置いているなら、早めに取りに行った方がいいみたいですよ。近いうちに差し押さえられて、はいれなくなるかも、って。なんなら、上原さんの荷物、僕がまとめておきますよ」

「それは悪いですよ」

「いいですよ。肩や腕を怪我しているみたいだし、不自由じゃないですか？　送り先を教えてくれたら、発送しますよ」

「でも、持ち帰るものがあるか、見てみないと思い出せないですから」

「それはそうですね。まあ、手伝いが必要だったら言ってください」

筧さんはそう言って病室を出ていった。


翌日、検査がすべて終わり、僕は退院した。あとは一週間後に後頭部の抜糸と検査結果を聞くためにもう一度病院に行くだけ。

肩や腕が自由に動かないので、結局筧さんに連絡し、荷物の整理を手伝ってもらうことにした。会社に行くと、ほかの社員は荷物を持ち帰ったあとなのか、妙にがらんとしていた。林課長の姿もなく、ほっと胸をなでおろす。

机にあった資料は不要だからすべて捨てた。机にあったパソコンと本が数冊。私物なんてほとんどない。小さな箱にまとめ、筧さんに手伝ってもらって軽井沢に送った。筧さんと遅めのランチをとり、もうこれで会うこともないのかもしれませんね、と笑った。

別れ際、筧さんは、落ち着いたら久しぶりに旅行に行こうと思ってるんです、と言った。

「仕切り直し、っていうか。転職するにも、ちゃんと自分のこれからの人生を見直してからの方がいい気がして」

筧さんが言った。仕切り直し。たしかに焦って次を探すのではなく、そういう時間も必要なのかもしれない、と思った。

「どこがいいですかねえ」

「ええと、軽井沢とか……？」

筧さんに訊かれ、咄嗟《とっさ》にそう答えた。

「軽井沢？」

「あ、いえ、王道すぎますよね。実は僕、軽井沢出身なんです。実家がホテルを経営してて……」

「え、そうなんですか？　すごいですね」

筧さんが目を輝かせた。

「いえ、ホテルって言っても、古い小さなホテルなんですが……。もし良かったらいつか行ってみてください。銀河ホテルっていうんです」

「へえ、銀河ホテル……」

筧さんがそう言って、スマホを取り出す。

「たぶん、『軽井沢　銀河ホテル』で検索すれば出てくると思います」

「ほんとだ。銀河ホテル……。へえ、良さそうなところですね。覚えときます」

筧さんは微笑んでうなずいた。


数日後、病院に行って抜糸してもらい、検査結果を聞いた。少し異常値が出ているところもあるが経過観察の範囲内で、大きな異常はないらしい。まだ死ぬことはないみたいだ。

母に連絡し、会社が潰れたのでとりあえず軽井沢に帰る、と告げた。僕も筧さんと同じで、貯金はあった。母に頼りたくない気持ちもある。でも、筧さんが言うように、僕もいったん休憩し、人生を見直すべきかもしれない、と思ったのだ。

次の週、母に手伝ってもらって、アパートを引き払った。たいした荷物はない。なにしろ、平日は深夜に戻って、朝早く出勤するだけの生活。ここには寝に帰ってくるだけ。休日は洗濯したり最低限の家事をするだけで、あとは一日じゅう横たわり、ベッドの横にある窓からぼんやり雲をながめていた。

思えばコンビニで買ってきたものをお腹《なか》に流しこむだけで、キッチンもほとんど使ったことがない。それでほんとに暮らしていたと言えるのか、と情けなくなった。

また仕事が決まってひとり暮らしするときのために家電や家具一式は持っていき、当面はホテルの倉庫の空きスペースに置いておくことになった。

3

荷物はトラックに載せ、僕は母の車に乗った。関越《かんえつ》自動車道を通り、軽井沢に向かう。碓氷《うすい》軽井沢インターを降りて軽井沢方面に走っていると、しだいに緑に包まれていく。

軽井沢の中心地である旧軽井沢は明治期に外国人によって見出《みいだ》され、避暑地、保養地として発展してきた。教会や洋式のホテルが数多く建てられ、その周辺は別荘地として開発された。

銀河ホテルは南軽井沢《みなみかるいざわ》と呼ばれるエリアにある。部屋数は三十と小さいが、建物は凝っている。レンガと木材を組み合わせた洋館で、もとは昭和初期に富豪が別荘として建てたものだった。戦後、空き家になっていたのを僕の曽《そう》祖父にあたる上原周造《しゅうぞう》が買い取り、小さなホテルに改装したのだ。

もとの持ち主である富豪が若いころに滞在したイギリスの郊外の宿をモデルにして建てたものだったらしく、改築の際にもイギリス風を意識して、一階に広いラウンジ、パブ、ダイニングルームを設置した。さらに、映画室と撞球《どうきゅう》室も作り、中庭ももとの造りを生かしてイングリッシュガーデン風の植栽が施された。できた当時は外国人客も多く訪れていたらしい。

改築当時、周囲はまだまだ森ばかりだったようだが、一九五〇年代に大きなゴルフ場、六〇年代にレイクニュータウンという別荘地ができ、宿泊施設や企業や学校の保養所、大きな別荘が点在するようになった。

僕たち家族の住む家は、ホテルの奥にある。ホテルにしたときに曽祖父が建てたもので、ホテルと馴染むように似たような外観になっているため、独立した家には見えない。生まれたときからこの家に住んでいるので、ずっとそういうものだと思ってきたけれど、久しぶりに見ると味わい深い建物である。

決して華美ではないが、内装にも無垢《むく》材を使っており、ホテルの内装と通じる雰囲気がある。ただし、ホテルの方は部屋ごとに壁がカラフルな色に塗られているが、住居の方は自然な木の色である。その方が落ち着くという理由らしい。

車を降り、同時に到着したトラックから荷物をおろしてもらう。まだ肩や腕が痛み、重いものは持てないので、ホテルの従業員がひとり手伝ってくれた。冷蔵庫や洗濯機やベッドなど大きなものはホテルの倉庫に、段ボール箱に詰めた衣類や本、身のまわりのあれこれは家の二階にある僕の部屋に運ぶ。

子どものころ使っていた僕の部屋は、大学で東京に出る前となにも変わっていない。

大学時代は夏休み、正月休み、春休みにはここに戻ってきて、ホテルの手伝いをしながらしずかな時を過ごした。だが就職してからは一度も戻っていない。

すり減った階段の手すりをなでると、覚えのある感触に涙が出そうになった。

荷物の運び入れが終わると引越し業者の人たちは帰っていき、母は手伝ってくれた従業員とともにホテルに戻った。ランチには遅い時間だが軽く食事して、仕事に戻るらしい。僕も誘われたが、そこまでお腹は空《す》いていなかったし、なぜか疲れていて部屋で早く休みたかった。

荷解《にほど》きをしようかと思ったが、いったんベッドに横たわると起きあがれなくなった。

横たわったままで、部屋のなかを見まわす。濃い茶色の木の壁。集成材や合板ではなく、無垢材を使っている。子どものころはこれがあたりまえだと思っていたけれど、建築資材の会社で働いていたから、これがどんなにお金のかかった建物かよくわかる。

僕は、こんな家に住んでいたんだな。

軽井沢は巨大観光地で、東京都の飛び地みたいなものと言う人もいる。僕の通っていた学校も、観光関係の仕事に従事している人の子どもが多かった。といっても、親がみんなホテルやレストランやゴルフ場の経営者というわけではない。従業員の方がずっと多かったはずだ。

軽井沢にはもっと大型のホテルも、もっと歴史のあるホテルもたくさんある。あたらしい施設もどんどん建つ。だから僕は、銀河ホテルは小さなどこにでもあるホテルだと思っていた。だがどうやら、軽井沢で観光業を営む人ならだれもが知っている程度には有名だったみたいだ。

高度経済成長期、軽井沢は一大観光地となった。だが、一九八〇年代から日本は海外旅行ブームになり、国内の観光地には人が来なくなった。軽井沢も客足が遠のき、銀河ホテルも一時は経営難に陥ったらしい。父や母が若かったころのことだ。もうホテルをやめようという話まで出ていたらしいが、いろいろあって僕が物心ついたころにはすっかり持ち直していた。

父が亡くなったあと、母は支配人を経て社長になった。経営難は脱していたが、母は多忙で、学校行事に来られないことも多かった。職場と家がほぼ同じ場所だったとはいえ、ゆっくり話すこともままならず、さびしかった。

でも、こんな家に住んで、守られていた。小学校でも中学校でも友だちとなんとなくうまくいかなかったのは、僕がそういうことに無自覚だったからなのかもしれない。ようやくそのことがはっきりわかった。

だからダメなんだな、僕は。今回の会社のことだって、僕にはこうして頼る場所があるけれど、同期のみんなにそれがあるとはかぎらない。寛さんはしばらく休んで自分の道を探すと言っていたけれど、それが許されない人もいただろう。そもそもだからこそあの会社に残っていたのかもしれない。

僕はたぶん、そういう自分の境遇にずっと負い目を感じていたんだと思う。だからここを離れて、この家に頼らずに自分の力で生きていきたかった。なのに結局僕はここに戻ってきてしまった。仕方がなかったのだ。そう言い訳しても、無力感が身体に広がっていく。

これからどうしたらいいんだろう、と思いつつ、目をつむると一瞬で眠りに落ちた。


目が覚めると、窓の外は暗かった。もう八時をまわっていた。当然荷解きはまったく進んでいない。スマホを見ると、母からのメッセージが届いていた。「夕食の時間に呼びにいったけど、ぐっすり眠っていたので起こしませんでした。下に準備してあるので、目が覚めたら食べにきてください」と書かれている。

考えたら移動中の車のなかでつまんだおにぎり以外、朝からなにも食べていない。ゆるゆると立ちあがり、階段をおりた。リビングに灯《あか》りがついている。この時間はいつもならまだたいていホテルにいるのに、めずらしく母がいた。

「母さん、ホテルじゃなかったの？」

「うん、まあね。旬平が食べたら戻ろうと思って」

母が笑う。

「夕食、吉田《よしだ》さんがホテルのまかないを持ってきてくれたよ。チキンフリカッセ。温め直すね。あとはごはんと冷蔵庫にあるもので」

チキンフリカッセは、ホテルのメニューにはないが、シェフの吉田さんがまかないによく出しているものだ。子どものころからこの味が好きで、まかないがフリカッセの日は僕の分も作ってもらって、家で食べていた。

母が温め直したフリカッセを皿に盛りつける。なつかしい匂いがふわんと漂った。吉田さんもたぶん、僕が好きだから今日のまかないをこれにしてくれたんだろう。その気持ちが伝わってきて、なんだか涙が出そうになった。

母は鼻歌まじりにごはんをよそい、冷蔵庫のなかから作り置きの煮物や漬物を出して、食卓にならべた。ずっと食欲がなかったのに、急にお腹が鳴った。

「まとまりはないけど、まあ、いいよね」

母が笑う。うちの食卓はいつもこんな感じだった。洋風のおかずと、ごはん。それに煮物や漬物もならび、箸で食べる。和洋折衷だが、それがいちばん落ち着いた。

フリカッセに箸をつける。口のなかになつかしい味が広がった。

「おいしい」

思わずつぶやいていた。

「そう？　旬平、それ好きだったもんね」

母は笑った。

「じゃあ、わたしはホテルに戻るね。旬平はゆっくり食べてて。フリカッセはまだ鍋にあるから」

「うん、わかった」

これだけあるんだからこれ以上食べられるわけがない。そう思いながらもうなずいてそう答えた。母はばたばたとホテルに戻っていき、僕はひとり黙々と食べ続けた。

むかしと同じだ、と思う。母は夕食のときはこちらに戻ってきた。いっしょに食べはじめるけれど、母は僕がまだ食べているあいだにさっさと食べ終わって、ホテルに戻っていく。僕はそのあとひとりでゆっくり食べて、少し休んでからふたりぶんの食器を片付ける。

子どものころからずっと、母のことをすごいと思っていた。だれよりも早くホテルに出て、全力で仕事をする。常に全体を見まわし、足りていないところに手をのばす。いつも笑顔で、愚痴も言わない。従業員を注意するときも、決して怒鳴ったり、感情をぶつけたりしない。

たぶん、努力し続けているんだと思う。自分がえらくなることより、ホテルがきちんとまわっていることの方が大事。というか、えらくなるということには関心がない。そういうところがすごいと思うと同時に、ときどき怖くなる。どうしてあそこまで感情を抑えられるんだろうと思うし、自分はあそこまで努力し続けられない、とも思う。

大学で東京に出て、ホテルに戻らず東京で就職しようと思ったのも、単純に親の世話になりたくないということではなく、母のようになれない、と思ったのもある。高校時代、長期休みのときはホテルの手伝いをしていた。当時はわからなかったけれど、ブラック企業を経験したいまは、このホテルが働きやすい場所だったことがよくわかる。

母だって横柄な客にはストレスが溜《た》まるだろうし、働かない従業員がいれば腹も立つだろう。それでも怒ったり愚痴ったりしない。ここにいれば母の息子として見られ、自分にもそういう努力が要求される。もちろん高校生に対してだれもそんなことは言わなかったが、勝手にそういう圧力を感じて、息苦しかった。

母がすごい能力を持ったスーパーヒーローなら、自分には無理だとあきらめもつく。だが、母はふつうの人だ。特別学歴が高いわけでもない。東京には母より頭の回転が速い人が大勢いた。だからこそ、お前も努力すればできるはずだ、と言われているようで、いっそう辛い。

自分はここでぬくぬくと育ってきた。だから就職先がブラック企業だということを見抜けず、辞める決断もできなかった。心のどこかでいつかだれかが助けてくれる、という甘えがあったんだ。だから体調を崩すまでずるずると働き続け、挙句、会社は潰れてしまった。

情けない。ここに帰ってきたことで、緊張が解け、身体がくつろいでいるのがわかる。それがまた情けない。フリカッセも、こんなに食べられるわけがない、と思っていたのに、結局おかわりをして、鍋は空っぽになった。

鍋、返しに行った方がいいかな。吉田さんにお礼も言いたいし、おいしかったことも伝えたい。なにより、母に頼らず、それくらい自分でするべきだ。そろそろ九時だし、厨房《ちゅうぼう》も少し落ち着いたころだろう。

鍋と食器を洗う。食器を拭いて棚に戻し、鍋だけ持ってホテルの厨房に向かった。

「こんばんは」

厨房をのぞくと、調理は終わっていたが、さげられてきた食器の片付けでみんなわさわさと働いていた。人の群れのなかに吉田さんの姿を捜す。

そのとき、厨房のいちばん奥にいる見慣れた男の姿が目にはいってきた。調理台、ガス台、水場などがならんだ奥の一画に、小さなダイニングルームのように整えられた空間がある。白いクロスをかけられた小さなダイニングテーブル。その前にはレストランと同じふかふかの椅子が置かれ、ひとりの男が座っていた。

苅部《かるべ》文彦《ふみひこ》。アクティビティ部門の長で、このホテルの居候。ホテルの、というより、ホテルの裏山に建つ小屋に住み着いている、ちょっと変わった男である。

四十代半ばという話だが、細身で長身、彫りが深く整った顔立ち。立ち居ふるまいも洗練されているし、声にも深みがあって魅力的。若く見えるというのとは少しちがうが、要するに人混みを歩いていればだれもがふりむくようなオーラが漂っている。

容貌から考えたら芸能関係とかもっと派手な仕事がいくらでもありそうなのに、なぜか銀河ホテルの裏山の小屋にひとりで住み、このホテルの仕事をしている。

彼が銀河ホテルにやってきたのは、二十年以上前。二十歳そこそこのころだった。ホテルは経営難が続き、客も減り、従業員も次々に去っていき、もう廃業するしかないか、というところまで来ていたらしい。

そんなとき、彼がやってきた。清掃の人員が足りず、ホテルの裏に貼りっぱなしになっていた求人広告を見たという。対応したスタッフは、その貼り紙は剝がすのを忘れてそのままになっていただけで、あたらしい人を採るような余裕はない、と答えた。

だが、彼はそれでも食い下がった。曰《いわ》く、実はいろいろな事情があって、自分はいまは文無しである、住む場所もない、ホテルの裏山にある小屋に住まわせてもらって、日々の食事さえ得られれば、タダで働く、と言う。

みすぼらしい服装ではあったが、顔つきやしゃべり方には華があり、試しに荷物運びや給仕の動作をさせてみると、言葉遣いも所作も完璧だった。たしかに経営難ではあるが、客がまったくいないわけではない。待遇の問題で人がどんどん辞めていっていたために人員不足になっていたのも事実だった。

そこで当時社長であった、僕の祖父にあたる上原耕作《こうさく》と面接することになり、小屋に住み、食事は一日三回厨房でまかないを出すことを条件に、採用された。といっても、小屋は以前ホテルの倉庫だったもので、当時は使われなくなって荒れ果てていたから、祖父はこんなところでいいのかと何度も確認したらしい。彼はいま使っていないなら自由に改装させてくれ、と言い、祖父は別にかまわないが、と答えた。

翌日から彼はベルボーイとしてホテルの玄関に立つことになった。やってきたときはボロボロのジーンズとパーカーで、うだつのあがらない風体だったが、ホテルの制服に着替えると見違えるようにぱりっとした。

昼間はベルボーイとして働き、夕方からはウェイターとしてレストランに立った。料理やワインにもくわしく、教えられたことはすぐに覚えてしまう。ひとりで何役もこなし、外見と対応の良さから客からの評判も上々だった。

客の少ない平日はひとりで小屋のなかの整理をし、不要なものを捨て、まだ使えそうなものは手入れして、数ヶ月で快適に住める空間に改造してしまったらしい。

彼がはいったことで、少しずつ客足が復活。人も雇えるようになり、彼は採用面接にもちゃっかり同席するようになった。人を見る目があるようで、彼が良いと判断して採用した従業員は、みなよく働いた。

そして、少し余裕が出てくると、彼はホテル内にアクティビティカウンターを開設するという案を出してきた。軽井沢には宿が多い。歴史のあるホテルも山のようにある。ホテルの外観、内観、接客、食事だけで勝負するのはむずかしい。だから、ほかとの差別化を図るため「物語のある宿」をウリにしよう、と言い出し、手始めに森林ガイドツアーを提案した。

銀河ホテルには裏山がある。苅部さんが住む小屋も裏山の中腹にあるのだが、その先に広がる山林も銀河ホテルの所有地なのだ。小道が一本通っていて、歩いていくと小川や池や見晴らしのいい高台がある。苅部さんは小屋を整備しながら、裏山の道も調べていたらしい。参加者の体力に合わせて三つのコースを設定した。

この森林ガイドツアーが好評で、彼は引き続き、季節ごとにいくつかのプログラムを考案した。どれも客の評判が良く、アクティビティ人気でメディアでも話題になった。彼がいなければ成り立たなかった企画である。祖父も彼の才覚を評価し、あとで母に、ひとりの従業員でホテルが変わることもあるんだな、と言っていたらしい。

つまり、苅部文彦は一種の天才だった。いまは、外に行くアクティビティは若いスタッフに任せ、蔵書室のとなりに「手紙室」というものを作り、日々その部屋で手紙を書くワークショップというものを開催している。僕自身はそれがどんなものかは知らないのだが、これもまた人気のプログラムで、ネットメディアにもよく紹介されているらしかった。

もちろん給料もあがり、軽井沢の別の場所に住めるだけの収入になったのに、彼はホテルの裏山の小屋にいまも住み続けている。そしてこの厨房の一角も改装し、自分用の小さなダイニングスペースを作り、毎食優雅に食事をとり続けている。もちろんタダである。

自分では「銀河ホテルの居候」と名乗っているが、古くからの従業員のなかには「銀河ホテルの守り神」と呼ぶ人もいた。

母に対するものとはまた別の意味で、僕はこの男に引け目を感じていた。はなやかで天才的。息子の僕が言うのも変だけれど、母の努力は賞賛に値するものだ。だが母だけだったら、銀河ホテルはこんなに繁盛していない。母もそのことをよくわかっていて、だからこそ小屋のことも厨房のダイニングスペースのことも苅部さんの好きなようにさせている。

ふつうそこまでキレ者なら、ホテルの乗っ取りを画策したりしそうなものだが、この男はそうしたことには一切関心がないらしい。天才だけど変人。得体が知れない。

なぜここまで能力があるのに、そう大きくもない銀河ホテルにこんなに尽くしてくれるのか。全方位に人当たりがよく、僕にもほがらかに接するのだが、そういうわけで僕はこの男のことを少し訝《いぶか》しく思っていた。

「ああ、旬平坊ちゃん」

吉田さんがあらわれて、僕の持っていた鍋に目を留めた。吉田さんは祖父の代からいるシェフで、もうすぐ六十歳。背は高くないががっしりした体格で、姿勢がいい。エラが張り、くっきりした目鼻立ちと、低くよく通る声。生命力に満ちあふれている。

「鍋、持ってきてくれたんですね」

「ごちそうさまでした。とてもおいしかったです」

「良かった良かった。坊ちゃんは子どものころからあれが好きでしたから」

吉田さんはにっこり微笑んで、鍋を受け取る。大きな手と太い指。小さいころによくおんぶしてもらったことを思い出した。

「坊ちゃん、痩せましたね」

吉田さんが僕の顔をじっと見つめる。

「お母さんから聞いてましたが、これは良くない。ここにいるあいだにちゃんと食べて、身体を動かさないといけませんね。せっかく軽井沢にいるんだから、外を散歩してください。少し元気になったら、森林ガイドツアーに参加するといいかもしれない」

「そうですね」

森林ガイドツアーか。小学生のころ、子ども向けのツアーに参加したことがある。あのころはまだ苅部さんがガイドをしていた。整備された道を歩くだけだが、それまで知らなかった木や鳥の種類を教わって、すごく楽しかったのをよく覚えている。

食べられる木の実のことや、葉っぱや実を使った遊び。鳴き声を聞いて、それがなんという鳥なのかも教えてくれた。鳥の鳴き声を真似《まね》るのもとてもうまくて、その声真似で子どもたちはみんな感嘆の声をあげた。

土地柄、鳥の鳴き声などいくらでも聞こえたけれど、そのときまで鳴き声と鳥の姿や名前が結びついていなかった。苅部さんは声がすると双眼鏡で鳥のいる場所を捜し、どの鳥の鳴き声かを教えてくれた。鳴いている鳥の姿を双眼鏡で見たとき、はじめて声と姿がつながった。そのときのことをよく覚えている。

「ガイドツアーもいいけどね、まずは手紙室に来るのはどうかな」

どこからか声がして、ふりかえると苅部さんがすぐ近くに立っていた。

「あ、苅部さん」

僕は頭をさげた。

「しばらく見ないうちに、ずいぶん痩せたねえ。たいへんな目に遭ったって聞いたよ」

苅部さんが少し腰を曲げ、僕に顔を近づける。長身で、僕より十センチは背が高いから、目をきちんと合わせようとするとどうしてもそういう姿勢になる。身長がちがうというだけなのだが、その姿勢を取られるとなんとなく子ども扱いされたような気持ちになる。

「頭を少し縫いましたが、ほかは打撲程度ですみました。左肩と左腕はまだ痛みますが、右腕はもう大丈夫です」

「そうか。じゃあ、手紙は書けそうだね」

苅部さんが微笑む。彫りの深い、整った顔立ち。あかるい色の瞳を見ていると、思わず引きこまれそうになる。年齢を重ねることでますます魅力的になる人もいるという話を聞いたことがあるが、苅部さんはまさにそれだった。

「吉田さん、ごちそうさまでした。なかなかおいしかったです。馬場《ばば》くんも腕をあげましたね」

苅部さんが吉田さんの方を向いてそう言った。

「良かった。今回は彼のはじめての創作メニューだからね。ずいぶん苦心したみたいで」

「地元の素材を生かしているところもいいし、組み合わせも面白いです。あとは香辛料にもう一工夫あるといいかな」

苅部さんが首をひねる。

「なるほど、香辛料。そうですね、本人に伝えておきます」

吉田さんはうなずきながら答えた。どうやら苅部さんの今晩の夕食は、まかないとは別の新メニューの試食だったらしい。馬場さんというのは僕が大学で東京に出たあと採用された人だ。あまり話したことはないが、母から三十代前半だと聞いていた。海外のレストランで修業したあと日本に戻り、都心のレストラン勤務を経て銀河ホテルにやってきたという話だった。

「じゃあ、おやすみなさい。旬平くんも気が向いたら手紙室に来てください。僕はたいていそこにいますから」

苅部さんはそう言うと、手を振りながら厨房を出ていった。

4

次の日から、僕は一週間ほど家でぼんやり過ごした。朝はゆっくり起き、朝兼昼の食事をとる。母は朝早くからホテルに出ているから、ひとりきりの食事だ。キッチンにはたいていホテルメイドのパンやハムが準備されているから、あとは自分で卵を焼き、冷蔵庫にはいっている野菜を適当に食べる。高校生のときと同じである。

食事が終わると、吉田さんに言われたからというわけではないが、一、二時間、近所を散歩することにした。道の両側は緑に覆われ、ところどころに別荘や保養所がある。見慣れた風景に心が落ち着いてくる。思えば東京は変なところだった。木々がほとんどない街並み。刺激もあるし、住んでいて飽きないが、ずっと緊張していたのかもしれない。

しかしだからと言って、このままここでなにもせずに暮らしていくわけにはいかない。どうしたものか、と思っていたとき、母からしばらくホテルで働いてみないか、と持ちかけられた。フロントの女性がひとり来月から産休にはいることになっており、これから求人をかけるらしい。

高校生のとき、休日にはホテルの手伝いをしていたが、それは客室清掃など客の対応がない仕事である。フロントに立つのは研修を積んだ正社員だけだ。

「それって、東京に戻らないで、ずっと銀河ホテルで働く、っていうことだよね？」

僕は母に訊いた。正直、また東京で働く気にはなれなかった。でも、このホテルで働くとなれば、親に頼ることになる。それもまた気が進まなかった。

「もちろん、働いてみて合わなかったらまた考えてもいいと思うんだけど」

母は言葉を濁した。

「わたしもずっと考えたんだけど。いまはわたしが社長だけど、いつかはだれかに継いでもらうことになるでしょう？　そのときはできれば上原家の人間がいい、って前社長からも言われてたし。だとしたら旬平しかいないじゃない？」

ホテルを継ぐ……。いつかはそういう話が出るだろうと思ってはいたが、まだ遠い未来のことのような気がしていた。

「このこと、いままでちゃんと話したことなかったよね。お父さんは旬平には好きな道に進んでもらいたい、って言ってたから。旬平もここで働くのは気が進まないみたいだったし、わたしももう少しあとでもいいかな、と思ってたんだけど。旬平は、ホテルでは働きたくない？」

　母が僕の目を見る。

「僕は……。よくわからない。人付き合いが得意な方じゃないし……」

　そこで語尾を濁し、母さんみたいにがんばれない、という言葉を呑《の》みこんだ。母さんみたいにがんばれないし、母さんを頼りたくない。

「うちのホテルのことはきらいじゃないよ。今回も帰ってきて思った。ここにいるとすごく落ち着くし、この状態を維持している母さんの努力も、いまは少しわかる。でも、自分にそれと同じことができる自信がないんだ」

　しばらく考えてからそう答えた。

「それはわかるよ。母さんだって、前社長から支配人になってくれって言われたとき、そう思ったもの。代々大切に経営してきた宿でしょう？　苅部さんのおかげで持ち直したけど、社会の状況はこれからもどんどん変わるし、対応していける自信もなかった」

「でも、引き受けたんだよね」

「そうだね。向いてないことはわかってたんだけど」

「向いてない？」

「向いてないっていうか、器じゃない、ってこと。自分で言うのはなんだけど、わたしはそうだな、たとえば経理としては優秀な方だと思う。小さなチームのリーダーならそれなりにうまくできる自信がある。でも、経営とか、組織のトップは無理だな、って」

母はすらすらとそう言った。僕はむかしから、母のこういうところがなんとなく怖い。なぜなのかはよくわからないが。

「ほんとうは上原の家系にこだわらないで、苅部さんみたいな人が支配人になるべきなんじゃないかと思ったこともあった。もちろん前社長にはないしょだけど、それとなく苅部さんに訊いたこともあったんだよね」

「そしたら？」

「『僕はあなたの方が向いてると思いますよ』って笑われた。どうしてそう思ったのか何度も訊いたけど、教えてくれなかった。でも、苅部さんにそう言われたことで、覚悟が決まったっていうか……。これだけいいスタッフがそろっているんだし、この人たちを大事にしていれば大丈夫なんじゃないか、って。それからは必死だったけどね」

母は苦笑いした。母が支配人になったのは、父が死んだ三年後。そしてその五年後、前社長である祖父・耕作が引退し、母が社長に就任した。

「父さんと結婚して軽井沢に越してきて、ホテルで働くつもりではあったけど、こんなことになるとはね。人生の真ん中の部分を丸ごとホテルに捧げたようなもので……。旬平にもさびしい思いをさせて悪かったと思ってる」

「いや、僕は別に、そこまでさびしいと思ったことはなかったよ。ホテルに行けば母さんはいるし、ここにいてひとりだと感じたことはなかった」

そこまで言って、はっとした。ここにいてひとりだと感じたことがない。いままで意識していなかったけど、その通りだ。ここでは家にひとりでいても、ひとりぼっちだと感じたことがない。

「そう、良かった」

母が微笑んだ。その目尻に深い皺が寄る。母を頼ることから卒業したいと思っていたけれど、母だってもう年なんだ。いつかは母に頼るのではなく、僕が助けなければならなくなるときがくる。だが、なんの準備もなしに助けることができるわけがない。ホテルの仕事を覚えるには長い時間がかかる。早いうちにはじめなければ、結局なにもできない。でも……。

僕はなんで東京で就職したんだろう。東京に行けばここにはないなにかを得られると思っていた。たしかに大学時代は有意義で、楽しかった。でも、仕事はうまくいかなかった。勤めた会社が悪かっただけなのかもしれないけれど、どこも似たり寄ったりなんじゃないか、という気がしてしまう。そもそも、僕はなにがしたかったんだろう。

いや、大事なのは「したいこと」じゃなくて、「できること」なのかもしれない。僕にできることってなんなんだ？　考えれば考えるほど頭がこんがらがってくる。次は失敗したくない。だから自分のしたいことをじっくり考えるためにここに戻ってきた。だが、いつまでもだらだらと働かずにいるわけにもいかない。それこそ親を頼っているということじゃないか。

とりあえずここで働いてみるのもいいのかもしれない。働きながら、自分にできることを考える。こんなふうに流されて決めるのは不本意だけど……。

「わかった。働いてみるよ」

「え？　ほんとに？」

「ずっと働ける、とは言い切れない。向いてないかもしれない。でも、しばらく働いてみたいんだ。自分になにができるのか見極めたいし、頭で考えてるだけじゃ、なにもわからないから」

「そう、そうね、身体を動かさないとわからないこともあるもんね」

母はほっとしたように笑った。

研修として、まずはフロントに立つことになった。それで、三枝《さえぐさ》さんというベテランの女性スタッフから研修を受けることになった。

三枝茜《あかね》さん。銀河ホテル勤続二十年以上で、二児の母でもある。産休や時短勤務を経て、最近はフルタイムに戻っている。髪はアップにまとめ、形のいいおでこときらきら輝く瞳がチャームポイント。英語が流暢《りゅうちょう》なうえ記憶力抜群で、母がもっとも信頼を寄せるスタッフだ。

「まあ、旬平くんの場合は、生まれたときからここに住んでるわけだから、ホテルのどこになにがあるか全部わかってるよね」

三枝さんが笑った。

「いえ、そうでもないですよ。子どものころはお客さまの邪魔になるからあまりうろうろしないように言われてましたし。客室にもはいったことがありませんでした。高校生で客室清掃のバイトをしたときですよ、いろいろなことを覚えたのは」

ホテルのレストランで食事をしたこともあるし、ホテル内のバンケットルームでおこなわれた、ホテル関係者の宴会に出たこともある。だが、客室にはいったことはほとんどなかったから、こうなっていたのか、と驚くことも多々あった。

銀河ホテルの調度品は長野県内の木工所の製品で、すべて職人の手作りだ。ずっと修繕を重ねて使っているので古びているが、そこもまた味わいがある。そういうところを気に入って常連になる客もいるみたいだ。

そういうわけで、自分ではそこまでホテルのことにくわしくないと思っていたが、三枝さんから渡されたマニュアルを見ると、たしかにほとんどのことは知っていた。ホテル周辺についてもずっと住んでいた場所だから、たいていのことは見なくてもわかる。

「とにかく、大切なのはお客さまへの対応なんだよね。クレームがあった場合は、最初の対応で印象がかなり変わっちゃうから。これはマニュアルだけじゃどうにもならないから、実際に対応しながら覚えていくしかないんだけど」

三枝さんはそこまで言うと、少し首をかしげ、なにか考えるような顔になった。

「大事なのは、相手も人間だってことを忘れないようにすることかな」

「人間……なのは、あたりまえのように思いますが」

「う―ん、そうなんだけどね。ずっとフロントに立ってるとルーチンになっちゃう、っていうか。相手に中身があることがわからなくなっちゃうんだよね。旬平くんだって東京に住んでたころ、駅や電車のなかにいる人がそれぞれ心を持った人間だ、なんて考えなかったでしょう？」

「それは……そうですね」

町のなかには無数の人間がいる。その人たち全員に心があり、家族や生活があるということは頭ではわかっている。だが、いちいち考えはしない。そんなことをしていたら身がもたない。ゲームで言うところのＮＰＣのようなものだ。

「って言ったって、全員のことを考えるなんて無理でしょう？　できるわけがない。でも、せめてそういう気持ちだけは伝えたい。それでわたしは、お客さまの名前を覚えることにしたの」

三枝さんが笑った。名前を覚える。そう、三枝さんのすごいところはそこなのだ。記憶力抜群と言われているのは、三枝さんが常連客の名前をほとんど覚えていて、顔を見ただけで名前が出てくるからだ。

「三枝さんはすごいですよね。母もいつも言ってます。あの記憶力にはかなわないって。常連さんだけじゃなくて、はじめての人でもチェックインしたらすぐに覚えちゃうんでしょう？　どうしてそんなことができるんですか？」

「覚えよう、って決めたから。だれでも名前を覚えてもらえるとうれしいでしょう？　そんなにたいへんでもないんだよ。このホテルは満員になっても三十室。しかもリピーター率が高いからね。まず前日のうちに、次の日にチェックインするお客さまの名前を確認。前に宿泊されたことがある人は、自分のメモ帳を見返す」

「メモ帳？」

「ああ、紙のノートじゃなくて、パソコンにはいってるんだよ。自分用のお客さまリストっていうのかな。はじめてのお客さまはチェックインのときにその人の印象をつかんで、短いニックネームをつけるの。それとその人の名前を結びつけるのね」

なにを言っているのかよくわからず、はあ、とだけ答える。

「ニックネームを考えるとき、服や靴から発想しちゃダメなの。ホテルにいるあいだに着替えるでしょ？　外見じゃなくて、その人の雰囲気……っていうの？　全体から漂うものを言葉にするわけ。『IT陰陽師《おんみようじ》』とか『アライグマ兄貴』、『ゆるふわ貴婦人』とか……」

「え？　ええっ？」

予想外にわけのわからない例が出てきて、絶句した。

「有名人に似てるとか、アニメやマンガのキャラに似てたらそこから名前を取ることもあるし。なんか、不謹慎だったり失礼なニックネームになっちゃうこともあるんだけど、そこは絶対に口に出さないから大丈夫」

三枝さんがにっこり笑う。三枝さんもアニメを見たり、マンガを読んだりするのか。あ、二児の母だから、お子さんといっしょに見てるってことかな。

「それで、その人の苗字《みようじ》とニックネームをくっつけて心の中で唱えるわけ。たとえば『IT陰陽師・佐々木《ささき》』さんとか。そうすると、もう絶対忘れない」

三枝さんが腰に手を当てて、ふんっと鼻を鳴らす。

「それは、たしかに忘れないとは思いますけど……」

「でしょう？」

三枝さんは得意げな表情になる。四十代で二児の母とは思えないかわいさである。しかし、IT陰陽師……？　まあ、たしかにいそうではあるけれど。でも、そんなヘンテコなニックネーム、そんなに簡単に思いつくものだろうか。しかも、忙しいフロント業務をこなしながら？

「ニックネームがかぶっちゃうことはないんですか」

「もちろんあるわよ。そこまでたくさんは思いつかないもの。『ハムハムメガネ』さんは五人いて、ハムハムメガネさんがふたり同じ日に宿泊、なんてこともあったっけ。でも、ハムハムメガネ佐藤《さとう》とか、ハムハムメガネ高橋《たかはし》、とか、それぞれ下に苗字がついてるし、呼ぶときはその苗字の方しか呼ばないから、全然問題ない」

全然問題ない……のかはよくわからない。だが、有能という言葉がぴったりの三枝さんが実はそんな変なことを考えている、しかもそれが実務に役立っている、というのがなんだかおかしくて、人間にはみんな中身がある、というい例なのかもしれない、と感じた。

そういえば前の会社では、そんなふうに思ったことはなかったかもしれない。同僚も上司も取引先も、その人がどんな人で、どんなものが好きで、休日はなにをしているのか、なんて想像したことはなかったし、ニックネームをつけようなんて考えたこともなかった。正直、日々飛んでくる怒鳴り声をやり過ごすので精一杯だったのだ。

三枝さんのきらきら輝く瞳を見ていると、こういう働き方もあるんだな、となんだか不思議な気持ちになった。

それから毎日、チェックアウトタイムのあとの少し余裕のある時間帯に、三枝さんからフロント業務について教わった。言葉遣いや礼儀作法、フロントスタッフの業務全般、クレームへの対応。知らないことばかりだった。母から毎日のようにいろいろな話を聞いてわかったつもりになっていたことも多かったが、自分が働くとなると全然ちがうんだな、と思った。

二週間ほど経ったある日、三枝さんから、明日からフロントに立ってみようか、と言われた。

「え、もうですか？」

「うん。お客さまへの対応は結局座学では学べないから。もちろん、最初はうしろに立って、先輩のしていることを見るだけ。それから少しずつ実際に接客していく。そのときも最初はわたしが横にいるようにするからね」

「わかりました」

緊張しつつ答えた。

「じゃあ、これが制服ね」

三枝さんが真新しい制服を差し出す。研修をはじめる前に採寸し、注文してあったのは知っていたが、いざ目の前に出されると、もうあとには引けないんだ、と緊張した。

銀河ホテルの制服はけっこう凝っている。曽祖父は、建物や調度品に合わせて、制服もイギリス風にこだわった。ホテルというのは非日常の場所。そこにはいったとたん、別世界に来たような気持ちにならないといけないのだ、と言っていたらしい。その制服がずっと受け継がれてきている。

ドアマンは詰襟で、冬場はケープ付きのコートを羽織る。レストランの厨房はコックコート、ウェイターはフォーマルベスト。女性の客室係はむかしながらのメイド服、受付は男女ともスーツ。高校時代の制服もスーツだったし、会社でもずっとスーツを着ていた。だからスーツ自体はさほどめずらしくないのだが、銀河ホテルのユニフォームのスーツは襟の縁にラインがはいっていて、会社員が着るものとは雰囲気が全然ちがう。

家に持ち帰り、おそるおそる袖を通した。採寸して作っただけあって、着心地はとてもいい。鏡の前に立つと、フロントの制服を着た自分が立っていた。僕も明日から非日常の世界の住人になるんだな。ホテルで働くことを躊躇《ためら》っていたのに、なぜか心が浮き立った。

5

翌日から僕もフロントに立つことになった。最初はうしろに控えて、先輩スタッフの対応を見て、やり方を学ぶ。それから少しずつ、僕も実際にお客さんの前に立つようになった。業務の内容は研修で習っていたのに、いざお客さんが目の前に立つと緊張で手がふるえた。

こちらが言うべきことはすべて暗記していたから、それを伝えるのはむずかしくない。確認しなければならないことも、お客さんの反応が想定内のときはあわてずにできた。だが、予想していなかった質問をされると焦って頭がバグった。

フロントはホテルの顔だから、失礼があってはならない。とくに最近は客の口コミがネットにあがるので、そこで低評価がつけば打撃になる。業務の正確さだけじゃない、ちょっとした態度や表情、言葉遣いでも、客が不愉快に思ったらアウト。たとえば僕のような新人がもたもたしているだけでも、急いでいる客がいらつくことはある。それが怖くて、かなり緊張した。

都会のビジネスホテルとちがって、銀河ホテルには仕事で急ぎの客はあまりいない。家族連れ、夫婦、カップル。女性のグループ。余裕があってゆったりしている人が多かったし、僕が詰まると三枝さんがすかさずフォローしてくれたので、トラブルになることはなかった。

となりで接客している三枝さんを見ると、どのお客さんに対してもにっこり微笑み、名前で話しかけている。お客さんの反応を見るかぎり、まちがえることもないみたいだ。ほんとに全員覚えているんだな、と驚愕《きょうがく》する。

三枝さんには「相手を人間だと思って」と言われたが、対応に必死で、客の顔も名前も全然思い出せない。三枝さんはこの状況であのヘンテコなニックネームを考えているんだと考えると、頭のなかがどういう構造になっているのかほんとうにわからない、と思った。

「すみません、手紙室ってどちらにあるんでしょうか」

チェックアウトタイムが終わったあたりで、お客さんがふたり連れ立ってフロントにやってきた。ふたりとも三十代半ばくらいの女性である。友人同士のふたり旅なんだろうか。

「手紙室でしたら、こちらになります」

紙のフロアマップを取り出し、場所を説明する。手紙室というのは、例の苅部文彦がいる場所だ。ここに戻ってきた晩に厨房で会って、ぜひ一度来てください、と言われたが、まだ行っていない。そういえば、フロントにいると手紙室の場所を訊かれることがよくあった。手紙室のワークショップが人気プログラムだということは、三枝さんからも聞いていた。

ふたりはマップをながめながら、やっぱりやってみたいよね、と相談している。

「合田《ごうだ》さま、もしかして、手紙室のワークショップをご希望ですか？」

横から三枝さんが話しかけた。

「え、ええ」

ふたりのうちのひとりが面食らったような顔で三枝さんを見る。名前を覚えられていることに驚いたんだろう。

「そうなんです。知人からすごく良かった、って聞いて、受けてみたいな、って……」

合田さんと呼ばれた女性がそう答えた。

「ご予約はされてますか？」

三枝さんが訊くと、ふたりは同時に首を横に振った。

「そうなんですね。手紙室のワークショップはかなり人気のプログラムで、予約がなかなか取れないんです。予約状況はこちらでもわかりますので、見てみましょうか」

「そうなんですね。そしたら、お願いします」

「ご滞在は明日まででしたよね。今日と明日で見てみますが、ご希望の時間帯はありますか？」

三枝さんがよどみなく訊く。ぎょっとして三枝さんの横顔を見た。この人、名前だけでなく、滞在日まで記憶しているのか。

「明日は早めにチェックアウトして行ってみたいところがあるので、できれば今日の方がいいんですが。今日ならいつでも大丈夫です。とくに決まった予定があるわけではないので」

「かしこまりました。少しお待ちください」

三枝さんはタブレットを操作し、予約の表を確認している。

「申し訳ありません。昼間は埋まってしまっていて、少し遅い時間帯なのですが、今日の六時または八時からなら予約が可能です。六時からワークショップを受けてそのあとご夕食、または少し早めに夕食をすませ、八時からワークショップなどの形もできますが、いかがでしょうか？」

「夜もやってるんですね。そしたら、その方がいいよね。昼間は外に出かけたいし」

「そうだね、その方が昼間の時間が自由になるもんね。昼間は旧軽井沢まで行って、帰ってきてから受けてもいいし」

「わたしはなんとなく、先に食事でそのあとワークショップの方がいい気がする。夜の手紙室ってなんとなくロマンチックだし」

「そうだね、そうしよう」

「承知しました。そうしたら、八時の回、二名さままで予約いたしますね。夕食のご予約もいま併せてお取りすることもできますよ。外で食べようとすると場所探しで意外と時間がかかりますし、ホテルで予約しておいた方が安心だと思います」

「そうですね。じゃあ、お願いします」

ワークショップまでの時間を考え、ディナー開始は六時半。余裕を持って食事を楽しむために、メインが一皿の軽めのコースと決まった。三枝さんはワークショップのリーフレットを手渡し、受講料もチェックアウトのときにまとめて精算できることを伝えている。

なめらかにするすると話が進んでいく。ふたりの女性客は、楽しみです、と言いながら階段のほうに去っていった。

「手紙室ってほんとに人気なんですね」

お客さんがいなくなったあと、三枝さんに言った。

「そうだね。ウェブでも紹介されているし、このホテルの人気プログラムだよ。今日は平日だから予約が取れたけど、休日は予約受付がはじまってすぐにいっぱいになっちゃうこともあるし。手紙室のワークショップのためにわざわざ来るお客さまもいるくらいだからね」

「そんなに……」

苅部さんは気が向いたら来てください、と簡単に言ってたけど、そんなに忙しいのか。

「時間ができたら、旬平くんも一度受けてみたら？　ホテルマンとして、自分のホテルのアクティビティを知ってるのも大切なことでしょ？　一度受けておけばお客さまに訊かれたときにも内容をちゃんと答えられるし、自分がいいと思っているものは、自信を持っておすすめできるから」

「そう……ですね……」

「行きたくない？」

煮え切らない答え方だったのがバレたらしい。三枝さんが僕の顔をじっと見た。

「手紙なんて女性向けのアクティビティだと思ったのかもしれないけど、全然そんなことないんだよ。男性のお客さまもかなり多いの。なにしろ手紙室には、すごい数のインクと、便箋が用意されてて……。筆記用具やインクのマニアって、実は男性も多いのよね。手紙を書くより、インクを使った試し書きを楽しむためにワークショップを受ける人もいるくらい」

便箋はともかく、インクがすごい数？　どういうことだ？　インクの種類なんてたかが知れてるだろう。そもそも人に連絡をするときはたいていメールかメッセージなんじゃないか。手紙を書く人なんているんだろうか。

「いえ、たしかに文具や手紙に興味がないっていうのもあるんですが……。どうも僕は莇部さんが苦手というか……」

「え、そうなの？　どうして？」

三枝さんが首をかしげた。

「まあ、ちょっと変わった人ではあるけどね。でも功労者だし、すごい人だと思うけどなあ」

「そのすごさが……。きらいっていうことじゃないんです。気後れするっていうのか」

あのテンションについていく自信がない。自分のダメさばかりが際立つ気がする。

「なるほどぉ。それはなんとなくわかる。わたしもここに勤めはじめた当時はそんな気がしたから」

三枝さんがうんうんとうなずく。

「でも、手紙室のワークショップは、莇部さんになにか教えてもらうっていうより、自分と向き合う時間だからね。受けてみるとなにかわかるかもよ。とりあえず、ワークショップは受けなくていいから、手紙室がどんなところか一度見てきた方がいいわよ。これは仕事として」

「わかりました」

たしかに、手紙室について訊いてくるお客さんも多いし、勉強のためにも一度行ってみた方がいいんだろう、と思った。

その日は朝早くからの勤務だったので、仕事は五時で終わり。自分の部屋でしばらく休んだあと、食事のためにいったん部屋に戻ってきた母と夕食をとった。少し休んだあと、母はまたばたばたとホテルに戻り、僕は食器を片付けた。

そのあとはテレビを見たりしてぼんやり過ごしていたが、九時をすぎたころ、手紙室のことを思い出した。三枝さんの話では、手紙室のワークショップは八時の回が最後で、九時半終了。今日は朝フロントに来た女性ふたり組が最後の回を受けているはずだが、それもそろそろ終わる。どんなところか見てきた方がいい、と言われていたのを思い出し、行ってみようか、と思った。

ホテルに行くからには部屋着のままというわけにはいかない。といって、仕事ではないから制服で行くのもまずい。ある程度きちんとして見えるようジャケットを羽織り、家を出た。ディナータイムを終えて部屋に帰る人、パブに移動する人。ラウンジのソファでお茶を飲む人などもいて、ざわざわしつつもゆったりした時間が流れていた。

僕はそのまま手紙室に向かった。レストランやパブがあるのとは反対側、蔵書室のとなりにある。廊下を歩いていくと、朝フロントに来た女性のふたり連れが手紙室のドアを開けて出てくるところだった。ふたりともなにもしゃべらないが、満足げな顔をしていた。すごくいい映画を見たあとみたいに。

私服だからか、僕とは気づかれなかったみたいだ。すれちがったとき、ふたりのうちのひとりが「良かったね」と言ったのが聞こえた。はっとふたりを見る。もうひとりもしずかにうなずいていた。

――手紙室のワークショップは、苅部さんになにか教えてもらうっていうより、自分と向き合う時間だからね。

三枝さんがそう言っていたのを思い出し、いったいどんなことをしているんだろう、と気になってきた。手紙室の前に立ち、ドアをそっと開ける。苅部さんがいた。机の上を片付けている。そしてその背後の壁には、インクの瓶が無数にならんでいた。

「あれ、旬平くんじゃないか。今日はもうおしまいの時間なんだけど、どうかした?」

苅部さんが不思議そうに僕を見た。

「すみません、遅い時間に」

「いや、片付けもあるし、旬平くんなら別にかまわないよ。僕は片付けをしてるけど、自由に見てもらっていいし、わからないことがあったらなんでも訊いて」

苅部さんが微笑んだ。その笑顔を見ると、子どものころに受けた森林ガイドツアーのときの記憶がよみがえってきて、苅部さんに対する苦手意識が少しやわらいだ。

しばらくひとりで棚にならんだガラス瓶を見てまわった。さまざまなメーカーのインクが取り揃えられている。なかのインクは濃い液体なのではっきりはわからないが、黒や青ばかりでなく、茶色っぽいもの、緑っぽいもの、紫、赤、橙《だいだい》、黄色などいろいろなものがあるのはわかった。どうやら色の系統ごとにまとまっているらしい。

「フロントで働くようになったんだって？」

テーブルの上を片付けながら、莇部さんが訊いてくる。

「そうなんです。母に言われて……」

僕は答える。莇部さんはなにも口をはさまない。ふうん、と小さく言って、そのまま作業を続けている。

「ほんとは接客とか、自信がなかったんです。ホテルを継ぐ、みたいな話も、ちょっと重荷で……。でも、母の話を聞いていたら、一度やってみてもいいのかも、って」

莇部さんがこっちを見ないので、逆に話しやすかったのかもしれない。なぜか、自分の気持ちをぽつぽつと話していた。

「だれだって、社長の言うことなら信じられると思うよね。まあ親となると、若いうちはなかなか素直になれなかったりもするんだろうけど」

莇部さんにそう言われ、なんだか気持ちを言い当てられたような気がした。学生のころだったら、わかったようなことを言って、と内心反発したかもしれない。でも、いまはそれほど嫌な気持ちにはならなかった。

「ずっと母にはかなわない気がしていて……。僕はあんなに一生懸命仕事することなんかできないです。でも、ここで働くことになれば、どうしたってくらべられるでしょう？　だれも面と向かってはなにも言わないと思いますよ、社長の息子ですから。でも、僕自身が嫌だったんです」

「わかるよ。目の前に立派なお手本がいると気が重いよね」

その通りだ。母は特別な人間じゃない。でも、身を粉にして働いている。なんでそんなにがんばれるのかがさっぱりわからなかったし、そこまでがんばれない自分が情けなくもあった。

「そういえば、母から聞いたんですけど。莉部さん、むかし母に、自分よりあなたの方が支配人に向いてる、って言ったんですよね」

母の話を思い出し、なんとなくそう訊いた。

「え、なんのこと？」

莉部さんがぽかんとする。

「母が支配人になったときのことです。母は莉部さんの方が支配人に向いてるんじゃないかって、莉部さんに言った。そしたら、莉部さんに、あなたの方が向いてる、って言われた、と」

「ああ、そんなことも、あったねえ」

苅部さんは遠い目をした。

「苅部さんにはこのホテルを復活させた才覚もあるし、華もある。自分よりずっと支配人に向いてるんじゃないか、って母は言ってました」

亡くなる前の数年間、父が支配人をつとめていた時期もあった。苅部さんのおかげでホテルの経営状態が良くなってきたころのことだった。だが仕事は忙しく、父は体調を崩してしまった。父に代わって支配人になったのは牧田さんといい、ホテルマンの鑑と言われた人だった。数年後、その牧田さんが定年を迎えたとき、祖父が母を支配人に推薦したのである。

「僕は由香さんの方が向いてると思ったんですよ」

「どうしてですか？」

「それは由香さんが、僕の方が支配人の器だ、と言ったから、かな」

苅部さんは笑った。

「どういう意味ですか？」

「僕の方が支配人の器。それがある意味正しい判断だからです。実力的にね。でも僕は、だからこそ、彼女の方が向いていると思ったんです」

苅部さんが楽しそうに言う。わけがわからず、ぽかんとしてしまった。

「世の中には、とにかくえらくなりたいという人が大勢いるんですよ。そういう人は能力と関係なく名乗りをあげる。一方で、自信がないからできるだけ人の陰に隠れ、人にぶらさがって生きていこうとする人もたくさんいる。由香さんはそのどちらでもない。いまホテルにいる人間を冷静に比較して、だれが社長になるべきかの最適解を探そうとした」

苅部さんの言葉に、なるほど、と思う。たしかに母はそういう人だ。僕が母を怖いと思うのも、そのせいかもしれない。自分のことはどうでもいい。僕はそんなふうに思えない。

「そして、僕を選んだのも正解です。実力的にはそうですから」

苅部さんがふふっと笑った。自分で言うか、とあきれたが、その通りだとも思った。

「たしかにホテルの経営をたて直しましたからね。でも、僕自身はなんというか……。ちょっと偽物みたいなところがあるんですよ。うまく言えないんですけど。そうふるまっているだけ、みたいなね。旬平くんだって、僕のことをなんとなく怪しいと感じてるでしょう?」

「え」

見透かされている、と思ってたじろいだ。

「いや、いいんです。それが真っ当な感覚というか、そう思えるのは旬平くんが鋭いってことなんです。だから、そのままでいい」

莉部さんはにこにこ笑った。たしかに僕は、この人はなんとなく信用ならないと思っていた。人に見せている顔と、本心が全然ちがうんじゃないか、と。

「上に立つ人間は正直な人がいいと思うんですよ。もちろん巨大な企業になればそうはいかない。でもこのホテルの規模ならね。正直で、精一杯自分の職務を果たそうとする人。社員を裏切らない人。みんなそういう人についていくだろうし、そういう場所こそいい場所だと思うから」

莉部さんはにっこり笑った。

「たしかに……そうですね」

思うところはいろいろあったが、言葉にならない。

「それで、今日はどうして？」

莉部さんが僕をじっと見た。

「それは……。フロントにいると、手紙室のワークショップのことを訊きにくるお客さんがけっこういらっしゃるんです。三枝さんにも、ホテルの人気プログラムだから、お客さんに訊かれたときに答えられるように一度どんなところか見てこいって」

「なるほどね。たしかに旬平くんはここに来たことなかったね。まあ、見ての通り、こんなところだよ」

莉部さんは笑って、部屋のなかを見まわす。

「すごい数の瓶ですよね。これ、何本くらいあるんですか？」

「ここに出してるのは千本くらいかな」

莉部さんが答える。

「千本……？」

「もちろん全部ちがう色だよ。つまり、千色ってこと」

莉部さんが当然、という顔で答える。

「そんなに……？　色ってそんなに種類があるものなんですか？」

「これはほんの一部だよ。インクはどんどん新色が出るし、いま販売されているものだけでも数千はあるんじゃないかな。少し前から文具マニアのあいだでカラーインクがすごく流行《はや》ってて、『インク沼』なんて言葉もあるくらいなんだよ」

莉部さんによると、インクのコレクターも大勢いるらしく、都内の文具店などではよくフェアが開催されているらしい。定番のインクだけでなく、ご当地カラーや、キャラクターのカラーなどの企画品も売り出されているのだそうだ。

「コレクターと言っても、いったいなにに使うんですか？　いまどき、手書きの文字なんて……。そんなに色を持ってても仕方がないじゃないですか」

「どうなんだろうね。持っているインクを全部使い切る人はいないのかもしれないけど。でも、こういうインク帳を作って色をコレクションすること自体が楽しいっていう人もけっこういるみたいで」

　苅部さんが棚からノートを一冊取り出す。一ページが数段ずつに区切られ、一色ずつ線を引いたり、図形を塗りつぶしたり、ぼかしたり、インクの使用見本がならんでいた。似たような色も多いが、インクによってにじみ方やにじんだときの色の出方もちがうので、まったく同じものというのはない。たしかにこうやって書き溜めていくのは楽しいのかもしれない。

「それで、手紙を書くワークショップだという話は聞いたんですが、皆さんどんなことをされるんですか？　チラシには『発送しない手紙』でもＯＫとありますが、これは……？」

　チラシには、完全予約制、おひとりさまから四名程度のグループまで予約可能、それぞれ好きなインクと便箋を選んで手紙を書くワークショップと書かれていた。

「手紙室では、発送できない手紙を書いてもいい、という決まりなんだ」

　発送できない？　どういうことだ、と首をひねった。

「郵便では送れない相手に書いてもいい、ということ。このワークショップはそちらが主流でね。過去の自分、未来の自分、まだ会っていない未来の恋人や子ども、離れ離れになって居場所がわからないだれか。それから、亡くなった人とか……」

　なるほど、そういうことか。少しわかった気がした。

「そういう手紙は、書いたあとどうなるんですか」

「ここで預かるんだ。しっかり封をして、この奥の保管室で預かっておく」

「それで大丈夫なんでしょうか？　お客さまのなかに、開封してなかを見られるんじゃないか、とか、捨てられるんじゃないか、と思う方はいないんですか」

「手紙室には、申し出があれば後日訪れたときに手紙を受け取ることができる、というルールがあるんだよ。自分で受け取ることもできるし、ほかの人を指定することもできる。取りに来たとき手紙がないなんてことになったらまずいし、開封されていればわかるだろう？　ホテルの信用問題でもある。お客さまの方もそれはわかってるから」

苅部さんはそう言って、受付の奥の扉を開けた。両側の壁一面に棚があり、無数のフォルダがならんでいた。

「手紙は封をした状態で預かって、銀河ホテルがあるかぎり、ここで保管される」

苅部さんによれば、この部屋はむかしは小さな映画室だったらしい。いまのように手軽に映画を見る装置がなかったころは、夜、ここで映画を上映していたのだそうだ。各部屋に薄型テレビが配備されてＤＶＤを見られるようになったあと、映画室は使われなくなり、物置のようになっていた。それを苅部さんのアイディアで改装し、いまの手紙室になったのだ。映画室は観客席のある部屋と映写室の二室に分かれていたから、観客席の方を手紙室、映写室を保管室にした。

いまの時代、手紙を書く人なんているのか、全部メールやメッセージでいいんじゃないか、と思ったが、そういうタイプのものなら、手紙という形しかないのかもしれない。連絡先のわからないだれか、時間を超えた未知のだれか、あるいは自分自身、それから亡くなった人……。

父さん。そこまで考えたとき、父の姿が頭に浮かんだ。

父への手紙が書けたら……。

これからどう生きるか悩んだとき、父親のことを考える人は多いだろう。もちろん実際に父親に相談する人は少ないだろうけど、こんなとき、父親ならどうするか、と考えるくらいはするだろう。

父が死んだのは僕が五歳のときだった。だから、父とどんな話をしたのかなんて、ほとんど覚えていない。僕の前では父はいつもおだやかで、やさしかった。でも母の話だと、父は身体が弱くて、自分はホテルの仕事に向いていないとこぼしていたみたいだ。

母によれば、ホテルを創った曽祖父・周造は押しの強いやり手だった。二代目耕作は堅実で、周造の作ったスタイルを守ることに専念した。その息子である僕の父・裕作《ゆうさく》は身体が弱いだけでなく、文学好きで内向的、実業には向かないタイプだった。それでもこの場所を守るためには自分が継ぐしかないと感じ、大学を出るとホテルで働いた。苦しい時代を経験し、ホテルが復活したあと支配人になった。でも、結局体調を崩し、亡くなった。

父はほんとうはどんな人生を歩みたかったんだろう。僕のいまの状況を相談したら、なんて言うだろう。

「すみません、近いうちにワークショップを受けてみたいんですが、空きはありますか？」

思い切ってそう訊くと、苅部さんは息をつき、少し微笑んだ。

「調べてみるよ。ちょっと待ってて」

受付に戻り、タブレットを取り出す。

「そうだね、明日の夜の最後の時間帯は空いてる。そのあとは週末になるから埋まってしまってるけど、来週なら……」

「そしたら、明日の夜にします」

即座にそう答えた。来週になったら気が変わってしまうかもしれない。いまの僕にとって、手紙を書くのはきっと大事なことだ。僕はそう直感していた。でも、時間が経てばその気持ちが薄まってしまうかもしれない。腰が重くなって、やっぱりやめようということになりかねない。そうならないうちに、早く受けた方がいい。

「いいよ。そう、こういうのは思い立ったが吉日だからね」

苅部さんは、僕の心を見透かしたみたいに、にやっと笑った。

6

翌日は夜七時までの勤務だったから、仕事が終わったあと急いで家に戻り、着替えて手紙室に向かった。手紙は父に宛てたものにするつもりで、昨日の夜眠る前になにを書くかあれこれ考えたけれど、結局たいしたことは思いつかず、こういうのは結局ぶっつけ本番しかないよね、という気持ちになっていた。

少し早めに手紙室に着き、ドアを開けると、苅部さんが前のお客さんの残したものを片付けているところだった。

「早かったね。ちょっと待ってて」

「はい、すみません、時間前に来てしまって」

「それはかまわないよ。インクの色は決めてる？　何色でも試し書きができるけど、棚から候補を選んでおいてくれるかな」

「わかりました」

そう言って、ずらりとならんだインクの前に立った。瓶にはいった状態では、書いた時にどんな色になるのかいまひとつわからない。それぞれの前にインクの名前と、そのインクで線が書かれた小さな白い紙が貼られている。それを見て選ぶしかなさそうだ。

しかし、千種類って言ったっけ。これだけあるとなにを基準に選べばいいのかさっぱりわからない。

といっても、手紙を書くのだと考えると、赤や黄色や橙、紫みたいな色はちがうだろう。緑もきれいだとは思うけれど、緑色の文字の手紙は絶交を意味すると聞いたことがある。そうなると、やっぱり黒か紺？

黒はさすがに全部同じだろうと思ったけれど、太い線を見るとやはりちょっとずつ濃さや色みがちがうみたいだ。色というのは不思議なものだ。全部似たようなものだと思いながらも、横にならべるとちがいが際立って見える。

でも、黒でもない気がする。となると、紺……？

「どう？　どんな感じにするか決まった？」

うしろから声がして、ふりむくと苅部さんがいた。片付けが終わったらしい。

「黒か紺かな、と思ったんですが、黒はちがう気がして……」

「じゃあ、濃い青の系統だね。と言っても、かなりいろいろ種類があるから、まず色のあかるさから見てみようか」

「あかるさ？」

「紺って言ってたから、アクアブルーやターコイズブルーはちがうんだろうけど、暗い青のなかでもわりとあかるめの群青色、いわゆる紺色、それからブルーブラックって言われる黒に近い色までいろいろあって……」

　茢部さんが棚からいくつか瓶を取り出す。

「まずこのあたりから試してみようか」

　そう言って、テーブルの上に瓶を三つならべ、小さなカップに少しずつ取り分けた。

「ペンもいろいろあるんだけど、まずは書きやすいつけペンでいこうか」

　茢部さんがテーブルの上に箸置きのようなものをひとつ置いて、ペンをのせた。木の軸に金属のペン先がついたものだ。

「つけペンははじめて？」

　茢部さんに訊かれ、うなずく。

「まあ、別にむずかしいことはないよ。このカップのインクにつけて、ええと、ぽたぽた落ちない程度にね、それで、ふつうに書くだけ。真っ直《ま》ぐ《す》な線を引くでも、文字を書くでもよし」

　そう言われ、ペンを手に取る。

「これは、FABER-CASTELLの『Midnight Blue』。ブルーブラックのなかでも深い色だよ」

　カップのインクにペン先をつけ、紙に線を引く。

　ボールペンとはちがう感触に軽い衝撃を受けた。なんというか、なめらかだ。

ボールペンだと力を入れて書く感じだが、これは紙の上にペン先をのせてすべらせる感じ。それだけで勝手に線が生まれる。あまりの心地よさに、何本も線を引いていた。

インクの色は、黒かと思うほどの濃い紺色。夜空のような色だ。

「じゃあ、次に行こう。こっちはいまのとは対照的に、あかるめのブルーブラックだ。パイロットの『月夜』というインクだ」

苅部さんが用意してくれた水でペン先を洗い、水気をぬぐってから次のインクにつけた。線を引くと、さっきとはまったくちがう、あかるい紺色の線になった。

「ずいぶんちがうんですね」

「そうだね。線だけじゃなくて、塗りつぶしてみるともっとちがいがわかる」

苅部さんに言われ、丸く塗りつぶしてみた。たしかにあかるい色だ。

「それから、こういうのもある。MONTBLANCの『MIDNIGHT BLUE』」

ふたたびペン先を水で洗い、線を引く。さっきの二色とはまたちがう雰囲気の色だった。さっきの二色より少しくすんで見える。

色というのは不思議だ。ひとことに紺色と言ってもいろいろなものがあることは知っている。スーツでも同じ生地で作ったものでないと上下の色がそろわない。ただ、文字を書くだけだし、どの色でも似たようなものなんじゃないかと思っていた。なのに、こうしてさまざまな色がならぶと、細かいちがいが気になってくる。

丸く塗りつぶすと、紙の上に液体が溜まり、ぬるっと光った。その輝きを見たとき、むかし見た沼のことが頭によみがえった。おさないころ父に連れられていった近所の小さな沼である。はっきりとは覚えていないが、日が落ちたあとだったんだろう。沼も暗く、深い色になっていた。

たしかあの沼もこんな深い色で……。じっと見つめるうちにインクは乾いて紙に染みこんでいき、ぬるっとした輝きは消えてしまった。もう一度塗りつぶし、光るインクをじっとながめる。その暗い色があの沼とつながり、ゆらゆら揺れた。

あのときはなぜか母はいなくて、父とふたりきりだった。母はホテルの仕事があったのかもしれない。それに、なんであの沼に行ったんだろう。前後の記憶はないけれど、なぜか父のことを思い出そうとすると、沼の記憶がいっしょによみがえってくる。

沼に行ったとき、父はずいぶん痩せていた。亡くなる少し前だったんだろう。かなり弱っていたから、そんなに遠くまで歩けないはずなのに、あのときはふたりでゆっくり沼まで行った。沼は父のお気に入りの場所で、夏休みにはよくいっしょに行った。父は折り畳みの椅子を広げて沼のほとりに座り、僕は近くで遊んだ。

あの日、沼に行く途中、父は無言だった。そのせいですごく不安だったのをよく覚えている。沼に着いてからなにか話した。なんだったっけ……。靄《もや》がかかったように思い出せない。

「どうかな？　どの色がいい？」

苅部さんに訊かれて我にかえる。紙の上の乾いたインクを見くらべた。

「むずかしいですね。『月夜』はあかるすぎてちがう気がします。紺と言っても、澄んだ紺じゃなくて、少し濁っているというか。最初のインクがいちばんイメージに近かった気がしますが」

濁っている、というのもちがう気がしたが、うまい表現が見つからなかった。

「イメージ？　なにかイメージがあるんだ」

その質問にはっとした。僕はいま、あきらかにあの沼を思い描いていた。

「むかし、この近所に小さな沼があったんです。もうなくなってしまいましたが」

僕が高校生のころ、あのあたりは開発されて、沼はなくなってしまった。

「ああ、緑沼ですね」

「緑沼、そうです」

緑沼。正式な名称かどうかは知らないが、このホテルの人たちはみんなそう呼んでいた。

「でも、緑沼はもっとあかるい緑だったでしょう？　エメラルドグリーンみたいな」

苅部さんが思い出すように言う。そうだった。エメラルドグリーン。水は澄んでいるのに緑がかって見えるから、緑沼という名前がついたのだ。

「ええ、そうです。昼間はそんな色でした。でも、僕が思い描いていたのは、夕暮れどきというか、日が沈むころの沼のことなんです。その時間には沼も暗い色になっていて……」

「ああ、なるほど……」

茹部さんが立ちあがり、インクの棚の前に移動する。

「だとすると、少し緑がかった青なのかもしれない。ええと、このあたり……」

瓶をふたつ棚から取り出し、戻ってきた。

「これはDIAMINEの『Twilight』っていうインク。こっちはKWZの『Baltic Memories』。どちらも濃い青に緑が混ざっている」

ペン先を洗い、ふたつのインクを試してみる。まずは『Twilight』。さっきまでの三色とくらべて、だいぶ沼のイメージに近づいた気がする。緑が混ざることで色が鈍くなることを濁りだと感じていたのだと気づいた。

「だいぶ近づいた気がします」

そう言いながら、もうひとつの『Baltic Memories』を試した。ペン先をインクにつけ、ゆっくりと丸く塗りつぶす。沼の色に似た小さな水溜《みずた》まりが鈍く光った。

沼——。

思わず息をのむ。この色だ。僕の心の奥の方で、ずっとしずかに揺れていた色。

――なあ、旬平。人というのは、なぜ生きるんだろうな。

ふいに父の声が耳奥によみがえった。あのとき、沼のそばで父がそう言ったのを思い出した。

――旬平、ごめんな。父さんはもうあまり長く生きられないみたいなんだ。

その言葉がよみがえり、胸が苦しくなった。

あのときの僕は、この言葉を受け入れられなかった。死ぬということの意味もよくわからず、しかし父がいなくなるのだということはおぼろげにわかった。

――父さんはダメだな。なにより大事なお前を守ることすらできない。そう思うと、頭がおかしくなりそうになる。でも、旬平、お前は強く生きるんだ。大事なものを見つけるんだ。

父さんはそう言って、僕を抱きしめた。その身体は細く、弱々しかった。死というものがなにかわかっていなかったけれど、これが死なのだ、と感じた。目の前の深い沼の色と重なって、それがわけもわからずおそろしくて……。その記憶に蓋をした。

自分の目から涙がこぼれそうになっているのに気づいた。鼻の奥がつんと痛む。

「この色にします」

僕が『Baltic Memories』を指すと、苅部さんは僕の様子のことについてはなにも言わず、ただ、わかったよ、とうなずいて、インクとペンを準備してくれた。

それから便箋の紙を選び、僕は父に送る手紙を書いた。大人になったけれど、人がなぜ生きるのかはまだ全然わからないこと。大事なものもまだ見つかっていないこと。迷ってばかりでなにも決められないでいること。

――いろいろあって、いま僕は銀河ホテルで働いています。でも、それが自分のやりたいことなのかはよくわからない。僕は母さんみたいに立派な人間にはなれないかもしれません。でも、ただ流されて生きるのはもうやめたい。だから、

そこまで書いて、いったん止まる。

だから、なんだろう。僕はどうしたいんだろう。なにができるんだろう。

子どものころは、いや、大学生のときまでは、自分がどうしたいのかだけを考えていれば良かった。やりたければやる、やりたくなければやらない。だけど、いったん社会に出てみると自分に許された範囲が驚くほど小さいことがわかる。

会社という組織にはいれば、そこで与えられた課題に取り組まざるを得ない。それにどんな意味があるのかもわからないまま、良い成績をあげなければ叱責される。どこに向かっているのかもわからないまま、みんなで大きな船を漕《こ》いでいる。そうして船ごと沈んでしまった。どうすれば良かったのかはいまでもわからない。変だと思ったらすぐに辞めるべきだったのか。

だがひとつだけわかったのは、生きるというのはそういうことだということだ。子どものころの僕は恵まれていたから、生きるために必要ななにかを必ず与えてもらえる立場にいた。でも、大人になったらそんなことをしてくれる人はいない。人はみんな自分で働いて、生きる道を探さないといけない。そう考えると途方に暮れてしまう。

――なあ、旬平。人というのは、なぜ生きるんだろうな。

あのときの父の言葉がよみがえってくる。人はいつか死ぬ。でもそれまで自分という船を漕ぎ続けなければならない。滝の上で上流に向かって漕ぎ続けるみたいに。漕ぐのをやめれば滝に落ちてしまう。漕ぐのはしんどいことで、でも漕いでいてもいいことがあるとはかぎらない。

――父さんはダメだな。なにより大事なお前を守ることすらできない。そう思うと、頭がおかしくなりそうになる。

あのとき、父さんは滝に呑まれる寸前だったんだ。急にそのことに気づいて身体がふるえた。

いままさに滝に呑みこまれようとする瞬間。きっと怖かっただろう。それでも僕のことを心配して、あんなふうに言ったんだ。父さんは自分がダメだと言ったけれど、僕は全然そう思わない。

――でも、旬平、お前は強く生きるんだ。大事なものを見つけるんだ。

大事なもの……。

父さんにとって、僕は大事なものだったのか。

だから、自分が死に向かっているときに、強く生きろと言ってくれたのか。

父さんは自分をダメだと言った。僕も自分にはなにもできないと思っている。ふたりとも特別な力を持った人間じゃない。でも父さんは僕を大事にしてくれた。僕にもそういうものが見つかるのかもしれない。

生きていれば。船を漕ぎ続けていれば、いつか。そのために人は船を漕ぎ続けるのかもしれない。

——だから、自分の力で船を漕ぎ続けようと思います。この手紙は、あのときの沼の色のインクで書きました。あのときの沼の色はずっと僕の心のなかにあった。僕はずっとあの沼の記憶が怖かったけど、あの沼の色が僕を支えてくれていたんだと思います。

さっきの「だから、」のあとにそう続けた。

それから、最後に「父さん、ありがとう」と書いた。書き終わったとたん、目から涙があふれた。書いた手紙を読み直し、便箋をふたつに折る。莉部さんが用意してくれた封筒に便箋を入れる。お別れするように、糊《のり》で封をした。

「莉部さん」

涙をぬぐってから、莉部さんを呼んだ。莉部さんは部屋の隅の方でインクの棚の整理をしていて、僕の声にふりむいた。

「書きあがりました」

「そうか」

にっこり微笑んで、僕の近くにやってくる。

「もう封もしたんだね」

僕の手の中の封筒を見て、そう言った。

「じゃあ、預かるよ」

苅部さんに手紙を渡す。苅部さんが保管室にはいっていく。日付のはいったフォルダにはさみ、ならんだフォルダのいちばん端に立てかけた。

このフォルダすべてに手紙がはいっているのか。郵便では届かない手紙が。そう考えると、なんだかずんと胸にこたえた。

「昨日も説明したけどね。手紙は封をした状態で預かって、銀河ホテルがあるかぎり、ここで保管される。手紙を書いた人の許可があれば、後日訪れたときに受け取ることもできるよ。もちろん本人が受け取るのもＯＫ」

「銀河ホテルがなくなるときはどうなるんですか」

「え、ホテルがなくなる……？　そういう日はあまり来ないでほしいけどなあ」

苅部さんが笑った。

「いえ、念のためです」

ホテルがなくなるなんて、僕が言っちゃいけない言葉だったな、と思った。

「ホテルがなくなるときのことは、このあと書く契約書に書いてあるよ。処分か、指定の住所に送るか選べるようになっている」

「そうなんですか」

保管室を出て、さっきのテーブルに戻った。苅部さんが契約書を出してきて、記入するように言った。たしかに最後にホテルがなくなるときのことが書かれている。処分か、郵送か。郵送の場合は、住所を記入する欄があり、その下に「変更があった場合はホテルまでご連絡ください」と書かれていた。

みんなどちらを選ぶのだろう、と思いながら、僕は「処分」を選んだ。あれは父のところに送った手紙だ。ときが来たら、紙自体はなくなっていい。

「お茶を頼むけど、なにがいい？　コーヒー？　紅茶？　ハーブティーもあるよ」

メニューを渡される。レストランから持ってきてもらうということみたいだ。夜だったし、ミントやラベンダーがブレンドされたハーブティーを頼んだ。

「じゃあ、ちょっと待っててくれ」

そう言われ、さっきの席に座った。苅部さんは内線でお茶を頼んだあと、また保管室にはいっていった。手紙を一通書いただけなのに、なぜかとても疲れていて、でもなんだかほっと肩の荷がおりたような気もしていた。さっきのインクの色、なんだったっけ。手紙を書くことなんかないかもしれないけど、お守り代わりに同じものを買ってみようか。

そう思ったとき、苅部さんが保管室から出てきた。手になにか持っている。手紙？　さっきの手紙になにか不備があったのか？　いや、どうも僕の書いたものじゃないみたいだ。横に長い、別の封筒だ。

「実は、旬平くんに渡すものがあってね」

苅部さんはそう言って、その封筒を差し出した。表には「しゅんぺいへ」と書かれている。僕宛……？　裏返すと、「父より」と書かれていた。

「これは、父からの……？」

驚いて苅部さんを見る。でもなぜだ？　なぜ父からの手紙がここに？　手紙室ができたのは、父が死んだあとのことだ。

「そう、これはこの手紙室ができる前に預かったものだよ。亡くなる少し前の裕作さんからね。いつか旬平が大人になったら渡してほしい、って。由香さんに預けるのは気が重いし、家から離れたところに置いておきたいから、君にお願いしたい、って言われたんだ」

「じゃあ、これは父が書いた文字……」

ゆらゆらと頼りない筆跡だった。母から見せてもらった父の筆跡とはかなりちがう。

「裕作さんのもともとの文字はこうじゃなかったよ。これはもう亡くなる直前だったからね。筋力が衰えて、ペンを握る力もなくなってしまっていたから。たぶん、何日かかけて書いたんだと思う」

「そうだったんですね」

インク、たぶんブルーブラックのインクが文字のところどころでにじんでいる。

「お父さんはパイロットの万年筆を愛用していて、インクはパイロットの定番のBlue Blackだった。パイロットのBlue Blackは青みが少し強いんだ。時間が経っているから、色も変わっているけど」

苅部さんはなつかしいものを見る表情になる。

「僕が手紙室のことを思いついたのは、この手紙を預かったからなんだ。こうやって、ずっと未来のだれかに手紙を渡したいとか、もう会えない人に手紙を書きたいとか、世の中にはそういう思いを抱えて生きてる人もたくさんいるんだろうなあ、って。旅先で、そうした気持ちに向き合う時間を作れるのはいいことなんじゃないか、って思ったんだ。それで手紙室を作った。つまり、これは手紙室第一号の手紙だよ」

手紙室は父の手紙からはじまったのか。

「この手紙のこと、母は知ってるんですか？」

「知らないよ。この手紙のことはだれも知らない。大人になった君が来るまで秘密にする約束だったから」

そんなことが……。まじまじと封筒を見おろしたとき、呼び出しブザーが鳴った。お茶が運ばれてきたらしい。苅部さんがドアを開ける。トレイには白いポットとカップがのっている。テーブルにカップを置き、ウェイターがお茶を注ぐ。薄い緑色のお茶が注がれ、いい香りが漂った。

「あの、この手紙、ここで読んでもいいですか」

少し考えてからそう訊いた。家に戻ってひとりの部屋で読むのが怖かったのもあるし、ホテルのなかで読みたいと思ったのもある。

「もちろんかまわないよ。そう望む人もけっこういる。人がいると読みにくいだろう。僕は保管室の整理があるからちょっと外すよ。ゆっくり読んでください」

苅部さんはそう言って、銀色のレターナイフをテーブルに置いた。

ひとりになって封筒を見ると、開けるのが怖くなった。もう二十年近く前に書かれた古い手紙。封をしたまま持っていた方がいいんじゃないか、という気さえした。だが、思い切ってナイフを手に取った。封の隙間に刃先を入れ、すっと横にすべらせる。封筒から三つ折りになった便箋を取り出す。

横書きの手紙だった。「しゅんぺいへ」という出だしの文字が目に飛びこんでくる。

封筒と同じ、ゆらゆらと頼りない文字だ。

――この手紙を読むとき、しゅんぺいはもう大人になっているんだな。なんだか信じられないよ。

手紙はそうはじまっていた。

わたしはからだが弱くて、小さいころは大人になるまで生きられない、といわれていた。いつも死が近くにあって、そのほとりに座っているような気持ちで生きていた。だから大丈夫だと思っていたけど、ほんとうにそのときが近づいてくると、やっぱりこわい。

おまえたちにもうしわけなくて、むねがおしつぶされそうになる。

でも涙も出てこないんだ。

子どものころはずっと、なんで生きているんだろうと思っていた。生きていてなにかいいことがあるんだろうか、って。だけど、生きるとはそういうことではないんだと思う。

なんでかわからないけれど、わたしたちは生まれてしまった。わたしたちに与えられたのは「生きている」ということだけ。生を受けてなにをなすのかは、わたしたちじしんが決めることなんだ。

みんなにはないしょにしてたけど、ほんとうは文学の道に進みたかった。でも、それもどうでもいい。自分にそこまでの才能がなかったことはよくわかっている。生きていてよかったと思っている。母さんやおまえに会うことができた。

わたしはそんなにつよくないんだ。正直、いまはこわくてたまらない。このこわさからにげたい。でも、おまえたちのまえでは、いつもえがおでいたい。

大人になったおまえに会えないことがたまらなくざんねんだよ。

生きているあいだにだいじなものを見つけるんだ。与えられるのをまつんじゃなくて、自分が与えるんだ。自分の目で見て、手でさわって、足であるいて、生きるんだ。うまくいかないことも多いだろうけど、自分でふんばれ。お前ならきっとできる。

じゃあ、元気でな。しっかり生きるんだよ。


読んでいるあいだ、父の声が聞こえているような気がした。向かいに父が座って、語りかけてくれているような。父も怖かったんだな、と思う。僕の前ではずっとおだやかだったが、心中はそうじゃなかった。そのことがひしひしと伝わってきた。

おまえならきっとできる。その文字をじっとながめる。

できるだろうか。いや、そうじゃないんだ。自分の力で進むしかない。

手紙をたたみ、封筒に戻す。

緑色の草の匂いのするお茶をひと口飲んだ。あの暗い沼もうんと薄めたらこんな色だろうか。

「苅部さん、読み終わりました」

保管室の前に行き、呼びかける。

「そうか、こっちもだいたい終わったよ」

苅部さんが顔を出す。ほんとは用事なんてなかったのかもしれない、と思う。

「旬平くん、ごはんまだだろう？」

「え、ええ。終わってから家に帰って食べようかと」

「そしたら、いっしょに厨房に行かないか？　いつも通り、まかないを頼んであるんだ。今日はふたり分にしてもらうよ」

「え、えええ……」

僕まであそこで食べるわけにはいかない、と思ったが、苅部さんに押し切られ、結局ふたりで厨房に行くことになった。

厨房の苅部さん専用テーブルに椅子が二脚用意され、僕もいっしょに夕食をご馳走《ちそう》になった。新人が作った料理や新作の試食をすることもあるようで、シェフは、こちらとしてもありがたいんですよ、と言っていた。

「苅部さんっていい人ですよね」

食事が終わるあたりで、僕はなんとなくそう言った。

「へえ。旬平くんもようやくそう思ってくれたのか」

「いえ、前からそれはわかってはいたんですけど……」

少し口ごもった。

「いや、いいんだよ。きっと旬平くんが正しいんだ」

苅部さんが笑った。

「僕はそんなに欲がないんだ。お金がほしいとか、有名になりたいとか、歴史に名を残したいとか、そういうことに関心がない。だって、人を蹴落としたり、傷つけたりしてまですることじゃないでしょう？　悪行が快楽になる人もいるみたいだけど、そういう趣味はまったくない。でも、かといって善行が好きなわけでもないんだ。善行っていうのも悪行と同じで、一種の快楽だと思うんだ」

そういうものだろうかと思いながら、なにも返せず、話を聞いていた。

「僕は悪行にも善行にもとくに興味がない。つまり、悪人でも善人でもない。欲がないから、なにかのためにがんばるだけの気力もない」

苅部さんが笑った。

「だから社長になった由香さんがホテルのために身を粉にして働いているのを見て、不思議だったんだ。欲があるように見えないのに、なんであんなにがんばれるんだろうって。でもわかったんだ。彼女があれだけがんばれるのはここまでホテルを大事にしてきた上原家のため、そして、息子のためだって」

「僕の……」

たしかにその通りだと思った。母ががんばっているのは、母自身のためじゃない。

「けどねえ。僕にはそういう守らなければならないものもとくにないからね。でも、死ぬまで『ただ生きている』のはヒマでしょう？　というか、それは苦痛だ。善人も悪人も、守るべきものがある人も、目的があるからがんばれる。だから退屈しないですむ。それで、僕もなにかに擬態することにしたんだ」

「擬態……？」

「ほんとはそうじゃないけど、そうであるようにふるまうってこと。善人でも悪人でもどっちでもいいんなら、人を傷つける悪人より、善人の方がいいかな、って」

そんな考え方があるのか、と少し驚いた。

「擬態だからね。『ちょっと怪しい』と感じている旬平くんの感覚が正しいんだよ」

「いえ、僕は別に……」

なにも言えなくなる。苅部さんの笑顔を見ながら、いま見えている苅部さんの姿が擬態だったとして、そのなかにほんとうの苅部さんがいるのだとしたら、その人もそんなに悪い人ではないんじゃないか、という気がした。

7

夕食のあと苅部さんにインクのことを訊《たず》ねると、ペンもインクも手紙室で買えると言われた。インクの在庫はなかったけれど、苅部さんがメーカーに注文してくれて、数日後、あの暗い沼の色のインクが届いた。

まだ蓋は開けていない。机の隅に置いて、ときどきながめている。あのなくなってしまった沼を思い出しながら、心のなかの父に話しかけたりしている。

実は父には著書がある。著書と言っても完全な私家版。父の死後、仕事のかたわらひとり書き綴っていた原稿が見つかって、僕の祖父が印刷所に頼んで刷ってもらったものだ。このホテルの蔵書室にひっそりと収められている。

父のことを思い出すのが怖くて、東京に出るまで、僕はその本を開いたことがなかった。だがいまなら開けるように思った。あの手紙を読んでから、父の言葉にもっと触れたくなった。それでときどき蔵書室に通い、その本をめくっている。父の言葉はさざなみのように僕の心に迫ってきて、父と話しているような気持ちになった。

週末の午後、フロントに立っていると、チェックインの列のなかに見覚えのある顔があることに気づいた。よく知っている顔なのに、だれなのか一瞬思い出せなかった。

筧さん……？

気づいて、驚いた。会社では毎日顔を合わせていたけれど、まさかここで顔を合わすとは思っていなかったし、見慣れたスーツ姿でなかったのも大きかった。筧さんはきょろきょろと建物のなかを見まわしていて、僕には気づいていないみたいだ。

「あれ、上原さん」

列の先頭になり、カウンターの前に立った筧さんが目を丸くする。その顔を見ながら、そういえば片付けの日、僕の実家が銀河ホテルだと話したっけ、と思い出した。筧さんはすぐにスマホで名前を検索していた。良さそうなところですね、とは言っていたけど、まさかほんとにやってくるとは。

「いろいろあって、ここで働くことになったんです。結局実家を頼ってて恥ずかしいんですけど」

「そんなことないでしょう？　いいホテルじゃないですか」

筧さんがまわりを見ながら言った。

「こういうホテルはあたらしく創れるものじゃないですからね。いまあるものを守らないと」

「ああ、たしかに」

年月が経つことで醸成されるものもある。

「僕はいろいろ考えて、大学時代に同じゼミだった友人と起業してみることにしたんです。アプリ開発の会社です。友人はいま修士二年なんですけど、以前彼といっしょに作ったアプリがちょっと見込みがありそうで、思い切っていっしょにやってみようってことになって」

「ええっ、すごいですね」

「父からは、やめとけ、茨の道だ、って言われましたけど。でも、まあ、いまの時代、大企業だから安心ってわけでもないですし。自分で信じた道をいこうって決めたんです」

寛さんがなんだかまぶしく見えた。目の下の隈も消え、血色も良くなっている。

「上原さん、顔色良くなりましたよね。見違えました」

「寛さんもですよ。会社にいたころはふたりとも疲れきってましたよね」

「ほんとほんと」

寛さんが笑った。

「会社はじめたらまた忙しくなるんで、いまのうちに旅行に出ようと思って。いいところが思いつかなかったから、上原さんに言われたこのホテルに来たんです。まさか上原さんが働いてるとは思わなかったけど」

「連絡してくれれば良かったのに」

「そうですね、そうすれば良かった」

　筧さんが笑った。チェックインの手続きをして、カードキーを渡す。筧さんの顔を見ながら、三枝さんならなんていうニックネームをつけるだろう、と思った。

　なにも思いつかない。そんなに簡単にはいかないみたいだ、と苦笑する。でも、いい。筧さんの名前はもう覚えているし、必要ない。

　ロビーを見まわすとたくさんのお客さんがいた。チェックインしようとしている人、どこかに出かけようとしている人、どこかから帰ってきた人。この人たちひとりひとりに名前があって、それぞれ背負っているものがある。ニックネームをつけるのは無理だけど、僕は僕なりの方法で、お客さんと向き合おう。

「実は軽井沢ははじめてなんですよ。なにも下調べしないで来ちゃって。あとで周辺のいい場所を教えてくれるとうれしいんだけど」

「もちろん。今日は夜までフロントにいますから。いつでも来てください」

　にっこり笑って、そう答えた。

第2話　ラクダと小鳥と犬とネズミと　Joy Sepia

1

今度うちの家族といっしょに銀河ホテルに泊まらない？

娘の涼香《りょうか》からそう誘われたときは、うれしくて舞いあがってしまった。

亡くなった夫の会社の保養施設が軽井沢にあったので、息子と娘が子どもだったころ、夏休みの旅行はたいてい軽井沢だった。一戸建ての別荘で、夏になる前、休暇とともに申請する。古い建物だったから人気がなかったのか、二、三候補を出すとたいてい取ることができた。

そこにばかり行っていたのは、当時うちで犬を飼っていたからでもあった。犬を連れてホテルに泊まることはできない。保養施設は一戸建てで、借りているあいだは自由に使えたし、動物もＯＫだったのだ。

毎年別の場所に行く家族もいるようだったけれど、夫は毎年同じ場所に行く方が落ち着くと言っていたし、わたしたちもそれで満足していた。施設は旧軽井沢の近くで、周囲を散歩するだけで気持ちがよかったし、子どもたちはとにかく涼しいのがうれしいみたいだった。

サイクリングをしたり、車で少し遠くまで行ったり。毎年同じ場所に行くことで、その場所への愛着も育っていくようで、この前行ったあそこにまた行きたいね、とか、今年はここに行ってみようか、とか毎年楽しみにしていた。

だが一度だけ、どうしても保養施設が取れなかったことがあった。息子の忠洋《ただひろ》は中学生で部活があり、娘の涼香は中学受験で夏期講習があった。どちらも日程がなかなか定まらず、申請時期を逃してしまったのだ。

娘の受験もあるし、今回は行くとしても一泊二日がやっと。それで、旅行はあきらめようかと思っていたのだが、夫がめずらしくホテルに泊まってみるか、と言い出した。

——去年軽井沢に行ったときに立ち寄った、ほら、銀河ホテルだっけ？　涼香もお前も気になってたみたいじゃないか。高いけど一泊ならなんとかなると思うし、ゴンタも一泊だけならペットホテルに預けられるんじゃないか。

夫はそう言ってわたしたちを見た。ゴンタというのは当時飼っていた犬の名前である。

——銀河ホテル？　え〜、泊まってみたい！

涼香が即答する。

銀河ホテルを見つけたのは偶然だった。レイクガーデンという公園に行き、周囲をサイクリングしていたときに涼香が見つけたのだ。ファンタジーみたいな建物がある、と。涼香に連れられて行ってみると、イギリス風の建物で、たしかにファンタジーに出てくるような外見だった。

どうやらホテルらしいとわかり、レストランだけの利用もできることがわかって、みんなでお茶をした。外観だけでなく、内観も素晴らしく、夫も、これは本格的な欧風建築だな、と驚いていた。ロビーの暖炉の近くにある説明を読むと、建物自体は戦前のもので、金持ちの別荘だったものを戦後に改築してホテルにした、とあった。

ランチタイムは過ぎていたが、ティータイムでお茶を頼むことができた。メニューもイギリス風で紅茶がメイン。涼香とわたしは焼き菓子を頼んだが、どちらもすごくおいしかった。涼香は建物の魅力に取り憑《つ》かれて、いつか泊まりたい、と言っていた。

夫も建物が気に入ったらしく、ディナーに来てみようか、という話も出たが、だいぶ前から予約しないと席が取れないようで、値段もかなり高かったので、そのときはあきらめたのだ。

ガイドブックを買って銀河ホテルについて調べてみたが、宿泊料もけっこう高かった。夫は一泊ならなんとかなると言っていたが、一泊で保養施設四泊分の額である。心配になって訊くと、夫もすでに値段は調べていたようで、今年は長く行けないんだから、少し贅沢《ぜいたく》したっていいじゃないか、と笑った。

　ガイドブックによると、銀河ホテルには家族連れ用の部屋というのはないらしい。みんないっしょとなるとコネクティングルームを取るしかない。そうでない場合は、子どもだけにするわけにいかないから、夫と息子、わたしと娘でふた部屋取ることになる。

　ガイドブックではコネクティングルームがいくつあるかまではわからず、とりあえずホテルに電話して、候補日を伝えた。さすが人気のホテル、夏休み中はほぼ毎日、コネクティングルームどころかすべての部屋が満室のようだったが、ちょうどキャンセルが出たらしく、たまたま一泊だけコネクティングルームを取れる日があった。八月末のもう夏休みの最後とも言えるような日程だったが、これしかない、とあわてて予約した。

　併せてディナーもしっかり予約した。例年旅行のときは動きやすくカジュアルな服しか持っていかないのに、夫と息子はジャケット、涼香とわたしはきちんとしたワンピースと靴を持っていくことになった。軽井沢自体は行き慣れているので、今回のメインは銀河ホテルでの宿泊。できるだけ早くチェックインして、その日はホテル内を満喫しようと決めた。

　涼香はかなり張り切っていて、持っていく服も前日まで悩んでいた。夏休みもお盆の時期以外はほとんど夏期講習がはいっていたし、学校の宿題もあるからほとんど遊びに行けなかったというのもあるだろう。夏休み最後の旅行のときだけは勉強のことを忘れて楽しみたいと思っていたようだ。

わたしも高級なホテルに泊まるなんて新婚旅行のとき以来だったから、すごくどきどきしていた。きちんとしたレストランに行ったこともほとんどなく、子ども連れで行くのはもちろんはじめてのことだったから、テーブルマナーの本を買ってきて涼香といっしょに勉強したりもした。

そうして泊まった銀河ホテルは、想像以上に素晴らしかった。

チェックイン開始時刻よりかなり早めに着き、レストランでランチをとった。ディナータイムとはちがい、ビーフシチュー、ドリア、オムライス、カニクリームコロッケなど親しみやすい洋食メニュー。でも、さすがレストランのシェフが作っただけあって、うちでは作れない味だった。

少し早めに部屋を準備できたとのことで、食べ終わると早速部屋に案内してくれた。前回はラウンジとレストランしか見られなかったけれど、階段をのぼって客室のフロアに行くと、そこもまた素敵だった。

荷物を置いて一息ついたあとは、ホテルの庭を散策した。イギリス風の庭で、想像していたよりずっと広い。センニンソウやハギ、ワレモコウといった花が咲き乱れ、花時計や植栽で形作った迷路もあった。庭の奥に裏の山に通じる小道があり、みんなで少し歩いてみた。

ホテルから少し離れるとしんとしずかになって、鳥の声と木々の葉が風で揺れる音しかしなくなる。東京にくらべるとずっと涼しくて、子どもたちも楽しそうにスキップしている。いまでも、これまでの人生をふりかえったときに必ず頭に浮かぶ瞬間だ。ほんとうにうつくしく、しあわせな時間で、思い出すたびに胸がいっぱいになる。

子どもを育てていた時期が、自分にとっては人生でいちばん充実した時期だったんだと思う。日々目がまわるほど忙しかったし、責任に押しつぶされそうでたいへんだったけれど、大事な仕事をしているという手応えがあった。

銀河ホテルにはそのあともう一度泊まっている。わたしたちの銀婚式を銀河ホテルで祝ったのだ。忠洋はもう大学を卒業して社会人一年目、涼香は大学生。そのうちふたりとも結婚して家を出るだろう。だからこうした家族旅行はこれで最後かもしれない。ゴンタはもう死んでしまっていたから、犬の心配をすることもない。それで思い出のある銀河ホテルにもう一度泊まることにした。

クリスマスの時期で、冬場なのににぎわっていた。外は寒いけれどホテルのなかはあたたかで、ロビーの暖炉には火が灯《とも》っていた。ダイニングルームにも大きなクリスマスツリーが立っていて、その下でみんなで乾杯した。

子どもたちが成長して家を出たあとは、時間に余裕ができたけれど、自分が空っぽになってしまったような気がしていた。楽になったけれど、張り合いがなかった。もっともそのあとすぐに義理の父親、自分の母親、そして夫と介護が続き、また忙しい日々に戻ったのだけれど。

うちは夫の方が七つも年上だったから、夫の両親の方が早く老いを迎えた。義母は前触れなく倒れて亡くなり、あとに残った義父を家に引き取ることになった。そのころ夫は単身赴任で地方にいたから、わたしがひとりで義父の世話をしなければならなかった。力仕事もあり、もう無理だと思ったこともあったが、義父が施設に行きたくないと言い張ったから、家で看取《みと》った。

わたしの父も母よりかなり年上で、晩年長く患ったけれど、母がすべて面倒を見ていた。しかしひとりになった母はわたしが見なければならなかった。

そうして数年後、今度は夫の介護。単身赴任から戻って数年後、脳梗塞で倒れて、身体の自由も利かなくなった。夫も病院は嫌がったし、入院させるのは忍びなく、結局最期を家で看取った。義父のときにくらべ、自分自身も年をとっていたこともあって、心身ともに疲れ、十キロ近く痩せた。葬式を出したあとしばらく寝こんだほどだった。

弱っていく人の世話は気が滅入《めい》る。これから成長していく子どもとはちがうのだ。以前できたことができなくなっていくのだから本人も辛いのだろう。自分の方が年上だというプライドがあるせいか、いらいらをぶつけてくることもあった。

終点は死と決まっている。終わったら次は自分の番だとわかっているのも辛かった。自分はなんのために生きてきたんだろう、と思う。子どもが小さいころは、子どもを育てるためと胸を張って言えた。自分に生きている意味があると思えた。だが、こうやって自分より上の人を看取り、そのあと自分もまた老いていく。なんのために、と思うと、虚《むな》しくなる。

夫が亡くなったのは三年前。金婚式を迎えられたらまた銀河ホテルに泊まりたいね、と言っていたが、夫もそんなことができる状態ではなかったし、日々介護がたいへんですっかり忘れていた。涼香が小さなケーキを買ってきてくれ、家で小さなお祝いをして、その二週間後に亡くなった。

五十代以降は辛いことばかりだったが、子どもたちとの思い出の詰まった一軒家を離れがたく、二年間ひとり暮らしをした。だが、しだいに広い家と庭の手入れが重荷になり、知り合いからはやたらと老人のひとり暮らしは危険だと言われ、一年前にいまの介護付き施設に入居した。

忠洋は仕事の都合で家族とともに海外にいて、なかなか帰ってこられそうにない。涼香のところは子どもがふたりいてわたしが住める場所はない。わたし自身、介護で散々苦労したから、子どもの世話になるのは嫌だと常々思っていた。

　それで前々から施設については調べていた。友人のなかにはすでに施設に入居した人も多いから、いろいろ話も聞いていた。施設によって部屋の広さも、自由さもちがうし、食事の質もちがう。施設の料理は味気なくて、と言う人もいる。

　わたしは食事に欲はない。涼香にはこれじゃ栄養がないからちゃんとタンパク質を摂らないと、と言われるが、夫が亡くなってから、肉も魚もあまり受けつけない。もともとあまり好きじゃなかったのもあるけれど、もうなにも生まないし、育まない自分がほかの生き物の命を奪うことを思うと心苦しく、食欲が失《う》せるのだ。

　子どもたちには自分の方から施設にはいりたいと言った。海外にいる忠洋は、それもいいんじゃないか、とこだわりなく言った。自分たちが日本に帰れないのはわかっているからだろう。だが涼香は複雑な表情で、ほんとにそれでいいの、と訊いてきた。

　わたしは、それがいいんだよ、と答えた。その方が気兼ねがないし、と。だが涼香はだいぶ気にしているようで、施設選びを懸命に手伝ってくれた。自分も仕事があるのに、あれこれ調べて休みの日に施設をまわっていたようだ。自分の家からすぐに行ける範囲のところがいいと考えたようで、近いところでわたしの希望がかないそうなところを見つけてくれた。

　病気があるわけじゃないし、身体の自由も利く。だから介護の程度は低くていい。部屋の広さにもあまりこだわらない。でも、食事は部屋でひとりで食べたい。朝昼晩と全部提供されても食べきれないから、回数を選べる方がいい。その施設はそうした自分の希望に適《かな》っていた。

いっしょに下見に行って、すぐにそこにすると決めた。環境もいいし、値段もそこまで高くない。庭が広いのも良かった。いまなら庭を見おろせる少し広めの部屋が空いていると言われた。希望者はほかにもいるから、すぐに決めないと似た部屋は出ない。探してもこれ以上の部屋は見つからない気がして、すぐに契約することにした。

そこからは大急ぎで荷物を整理し、持っていくものと捨てるものを分けた。これまでの人生のあれこれを「これからもいっしょにいるもの」と「さよならするもの」に分けていく。わたしが施設に入居したら、涼香たちが不動産屋と相談してこの家を処分することになる。だから、家そのものともさよならで、後戻りはできない。

結婚して子どもが生まれてすぐに買った家だ。それからずっとこの家で生きてきた。もう五十年以上になる。引越しをしないからものを捨てたことがあまりない。古い電化製品も物入れに入れたままになっていた。涼香に手伝ってもらって、そうしたものを少しずつ粗大ゴミに出していく。いっしょに連れていくものはほんのひとにぎりで、大半はさよならした。

古い電化製品なんて、持っていたって今後使うことは絶対にない。だが、見ればいちいちそれを使っていたころのことを思い出す。思い出を捨てるような、自分の身体の一部を捨てるような心地だった。と言っても、とっておく場所はないんだし、どのみちお墓までは持っていけない。ここでちゃんとさよならした方がいいんだ、と言い聞かせながらいろいろなものを処分する。

ああ、終わっていくんだな、と思った。

これまでいろんなことがあって、自分の知っている人たちもだんだん亡くなっていって。思い出も手放して、わたし自身も世の中から消えていく。そういう儀式なんだと思いながら、黙々とものを捨てた。

だが考えたら、ここにあるものはほとんど結婚したあとに手にしたもの。その前の自分はここにあるものをなにひとつ持っていなかったし、それでもわたしはわたしだった。だから大丈夫、ここにあるものがなくなってもわたしはわたしのままだ、と言い聞かせた。それでも、家のなかのものがきれいさっぱりなくなったとき、自分も空っぽになってしまった気がした。

そうして、ほんの少しの荷物だけ持って、この施設にはいった。最初は所在ない日々が続いたが、少しずつ慣れていった。気が向いたときに外に出ることもできないし、家でひとりで暮らしていたときのような自由はない。

訪ねてくるのは涼香と孫たちくらい。一部屋だけの狭いスペースだから居場所もなく、せっかく来てくれてもゆっくり話すこともかなわない。そう思っていたところに、夏休みにいっしょに銀河ホテルに泊まらないか、という話が来たのだ。

うれしくて、行きたいわ、ほんとにいいの、と何度も訊いた。涼香もうれしそうで、もちろんだよ、と笑った。それですっかり行く気になっていたのだが、涼香が帰ったあと、なんだか急に不安になった。

施設にはいって一年。涼香に連れられて何度か出かけたことはあるけれど、すべて数時間のこと。行く先もそこまで遠くない。軽井沢は気が遠くなるくらい遠く感じたし、二泊もするなんてできるのだろうか。レストランの食事だって、重すぎて食べられないかもしれない。わたしがいっしょに行ったら、涼香たちも行動が制限されて迷惑するんじゃないだろうか。考え出すとどんどん不安になってくる。

涼香に「やっぱり無理かもしれない。食事も心配だし、迷惑かけるといけないし」とメッセージを送ると、涼香からすぐに「大丈夫だよ、直行《なおゆき》さんも子どもたちもお母さんといっしょに旅行するのをすごく楽しみにしてて、ちゃんとみんなで助けるから。それに、料理も高齢者向けのあっさりしたコースを頼むからね」という返事が戻ってきた。

涼香の夫の直行さんはおだやかな性格で、家族想《おも》いだし、わたしにもずいぶん良くしてくれる。お母さまが早くに亡くなったこともあるのかもしれない。お父さまも数年前に亡くなり、自分の親にあまり孝行できなくて後悔してるんです、と言っていた。

銀河ホテルのなかの光景が頭のなかによみがえって、もう一度あそこに行ってみたい、涼香たちとあそこで過ごしたい、という気持ちが湧きあがってくる。

孫たちが小さいうちは、夫とともに涼香の家族とよく旅行に行った。子どもふたりを連れての旅行はたいへんだし、こんなわたしでも少しは役に立ったんじゃないかと思う。でももうその時期も終わりに近づいている。

涼香のところも子どもはふたり。うちとは逆で、姉と弟だ。姉の都和《とわ》は大学生。弟の晴翔《はると》は中学生。中学三年だが中高一貫校なので高校受験はなく、いまは部活に励んでいる。

あの家があったころは、ふたりとも喜んで遊びにきてくれていた。涼香のところはマンションだから、一軒家がめずらしかったのだろう。いっしょに近所の公園に行ったり、ショッピングモールで買い物をしたりしていた。でも、最近は休みの日はほかの用事で忙しいようだし、そもそも家がない。それで顔を合わせる機会も減っていた。

わたし自身、体力が落ちてきているのを日々実感している。いつまで自分の足で歩けるかわからない。いま行かなかったら、後悔する気がした。それで、「ありがとう。じゃあ、がんばって行ってみるよ。あそこにまた泊まれるなんて夢みたい。すごく楽しみだよ」とメッセージを送り返した。

2

数日後、涼香からホテルの予約が取れたと電話があった。

八月最後の週の平日で、二泊三日。夏休み期間中はやはりほとんどの日がもう満室で、その日程しか取れなかったらしい。コネクティングルームはなかったので、別々にふた部屋。片方に直行さんと晴翔のふたり。片方にエキストラベッドを入れてもらい、涼香と都和、それにわたしの三人だ。

この施設に越してくるとき、いろいろなものといっしょに旅行カバンも処分してしまった。服も施設で過ごすのには必要ないからと思って、普段着しか残していない。涼香にそう話すと、だったらいっしょに買い物に行こうか、と言った。

——旅行カバンは貸すけど、服は新調したっていいんじゃない？　普段にも着られるような、動きやすくてちょっといい服、いろいろあるよ。

むかしにくらべて背も縮んでしまったし、ほかに着ていくところなんてない。無駄遣いはしないで、お金はできるだけ子どもたちに遺《のこ》したい。そう思っていたけれど、せっかく誘ってくれたし、最後の機会なんだから、と涼香の車で買い物に行った。

服なんて買うのは久しぶりだった。無駄遣いをしたくないというのもあったけれど、似合う服がないことの方が理由として大きい。前は好きな店もあったのに、いつのころからか、全然似合わなくなった。雰囲気の問題ではなく、体型的にぴったりこないのだ。背は縮んで、寸胴になった。首も腕も出したくない。テレビを見れば年をとっても素敵な女優さんが映っているけれど、あんなのは日々努力していないと実現できない。テレビや雑誌でこういう服だったら、と思うものを見かけても、どこで買えるのかもさっぱりわからない。前に涼香にもそんな話をしたことがあった。

涼香が連れていってくれたのは、涼香の家がよく買い物に行く街の小さな路面店だった。おしゃれなガラス張りで、はいるのはちょっと恥ずかしかったが、ハンガーに吊《つ》るされている服はどれも素材がよく、着心地もよさそうだった。デザインはシンプルで、色も落ち着いている。前に涼香に見せた雑誌の写真と雰囲気が似ていた。

身長が低いので似合うものがないんです、と話すと、お店の人は、丈直しもできますし、ワンピースではなくて上下分かれているものの方が選びやすいかもしれませんね、と言い、これまで穿《は》いたことのないような、ゆったり、たぽっとしたデザインのパンツと白地に黄色の花柄のブラウスを出してきた。心ときめくようなあかるい色で、柄も素敵だが、自分が着るのは無理だと思った。だが涼香も、きれい、きっと似合うから試着してみようよ、と笑って言う。

試着したら買わなきゃいけなくなっちゃうかも。それに、着て似合わなかったときの落胆を考えると……。気が進まなかったけれど、涼香に、とにかく一度試してみなよ、と押し切られ、服を持って試着室にはいった。

こんなのほんとに似合うのかな。着ていたシャツを脱ぐと、鏡のなかに年老いた身体があらわれる。背中が曲がり、肌もたるんたるん。わかっていたことだけど、なんだか悲しくなる。のそのそとパンツを穿き、ブラウスを羽織った。

あれ？

鏡のなかの自分を見て、悪くないかも、と思った。パンツの丈は長いけど、シルエットはかわいかった。この年でかわいいもなにもないが、張りのある生地でふわんとふくらむ。前に雑誌で見て素敵だと思っていた形とよく似ている。花柄のブラウスも予想外に良かった。顔色もあかるくなり、生き生きした表情に見える。

試着室から出ると、涼香も店員さんも素敵ですね、と言ってくれた。ブラウスもパンツも、洗濯機で洗って干すだけでいいらしい。皺になりにくい素材だし、少し皺があっても味が出る素材感ですから、と店員さんは言う。施設には自分の洗濯機というものはなく、係の人が週に一度まとめて洗濯をしてくれる。あまり面倒なものは頼めないが、これならなんとかなりそうだ。

それで、上下とも買うことにした。それとその上に羽織るカーディガンを一枚。黒かグレーかベージュか、と迷っていると、涼香にもっとあかるくてはっきりした色がいい、と言われた。半信半疑であかるい黄色のカーディガンを羽織ってみると、たしかにぱっとはなやいだ。

「ブラウスの小花とも色が合ってますし、素敵ですねえ」

店員さんもにこにこ微笑む。黒やグレーを羽織ったときの沈んだ感じとくらべて、自分でもこっちの方がいいように思えた。そうかそうか、若いうちは本人が輝いているから黒やグレーも似合うけど、この年になったらそうはいかない。年を取ったらむしろはなやかな色を着た方がいい、とよく聞かされていたけれど、そういうことなのかもしれない、と思った。

パンツは丈詰めがあるので後日涼香が取りに行ってくれることになり、ブラウスとカーディガンだけ持ち帰った。

旅行まで待ちきれなくて、翌々日のデイサービスにカーディガンだけ着て行った。ブラウスは旅行でデビューさせたいから、持っていた白いシャツと合わせた。手持ちのなかで唯一の白いシャツで、持ってきたもののあまり着る気にならずクロゼットに眠っていたものだった。だが、手持ちの服のなかで黄色のカーディガンに合うのはそれしかなかったのだ。

「あれ、原田《はらだ》さん、なんか若返ったみたい」

デイサービスがおこなわれる広間にはいるなり、となりの席の松野《まつの》さんが言った。数年前から入居している先輩で、年もわたしより三歳年上の女性だ。気さくで世話好きで、入居した当時、いろいろなことを教えてくれた。

「ほんと、素敵ねえ。その黄色がいいんじゃない？」

向かいの志賀《しが》さんが言う。もう九十代という話だが、若々しくてそんなふうに見えない。いつも身綺麗《みぎれい》にしていて、素敵な人だった。

施設のなかには少し記憶に問題がある人や、気むずかしい人もいる。施設にはいる前、ずっと前からの知り合いが年をとってから性格が変わり、しんどい思いをしたことが何度もあったので、ここでの人付き合いには慎重になっていたが、このふたりはおだやかで、安心できた。それで、デイサービスのときはいつもこのふたりの近くに座ることにしていた。

「それって、おニュー？　これまで見たことなかったけど」

松野さんが目をきらきらさせる。

「そうなの、この前、娘といっしょに買い物に行って」

控えめにそう答えた。

「ええ～、お嬢さんと？　そういえばこの前、どこかにお出かけしてたわね。女の子がいるといいわよねえ。うちなんて男だけだから、ぜんっぜん来ないし」

松野さんがからからと笑う。

「お仕事で忙しいのよねえ。でも、忙しいのはいいことじゃない?」

のんびりした口調で志賀さんが言う。志賀さんの旦那さんはもうだいぶ前に亡くなっている。娘さんがときどきひとりでやってきて、部屋で長いこと話している。お孫さんはもうずっと前に成人して、ひとりだちしているみたいだ。

「まあ、来られても気詰まりだから、別にいいんだけどね。しょっちゅうビデオ通話をしてくれて、孫の顔も見せてくれるし」

松野さんのところは息子さんがふたりで、お孫さんは合計四人。高校生から小学生までいると聞いていた。

「にしても、その色、ほんとにきれい。原田さんによく似合ってるわあ」

松野さんが目を細めた。

「今度、娘の家族といっしょに旅行に行くことになったんです。ここに来るとき、外に行く服は全部処分しちゃったんで……。それで、せっかくだから新調したら、って言われて」

「ええ~、すごい。旅行? どこに行くの?」

松野さんが目を見開き、わたしをじっと見た。

「軽井沢です。孫たちが夏休みになってからだから、まだ少し先なんですけど」

「うらやましい〜。むかし行ったことある。素敵なお店がたくさんあるのよね。軽井沢のショッピングモールはアウトレットのお店もたくさんあるんでしょ？　楽しそう〜」

松野さんが言う。

「若い時分は毎年のように軽井沢に行ったわねえ。旧軽井沢のあたりに親戚の別荘があったの。それで、そこを貸してもらって」

志賀さんが微笑む。

「別荘？　すごい！」

松野さんがまたしても目を丸くした。

「別荘だと料理が自炊なんだけどね。それがまた楽しくて。バーベキューをしたり、子どもたちといっしょに料理したりして……。なつかしいわあ」

志賀さんがにこにこおだやかに言う。親戚が別荘持ちということは、きっと裕福な家の出なのだろう。前々からそういう雰囲気は感じていたが、志賀さん自身もお金持ちなんだろう、と思った。

うちの会社の保養施設も別荘方式だったから、行けば自炊だった。外で食べる日もあったが、みんなでカレーや焼きそばを作るのもまた楽しかった。でも志賀さんの話に出てくる別荘はもっと豪華そうで、自分の話は言い出せなかった。

そんな話をしているうちに、デイサービスがはじまり、旅行の話は立ち消えになった。

今日は折り紙を使った工作で、細かい作業が必要だった。みんなじっと黙って手を動かしている。

「原田さん、うまいよねえ。わたしはこういうのはさっぱりで」

松野さんがとなりからわたしの手元をのぞきこんでくる。ずいぶん苦戦しているみたいだ。

松野さんはむかし運動をしていたらしい。体操の時間、わたしは身体も硬くてだいぶ苦労しているけれど、松野さんはいつも生き生きした表情で軽々とこなしている。その代わり、この手の細かい作業は苦手みたいだ。

わたしの方はむかしから絵を描いたり、手芸をしたりするのが好きだったから、こういう工作はわりと得意だった。足して二で割れば完璧なのにね、と松野さんはよく言っていた。

志賀さんは、と見ると、しわしわの手で器用にハサミを使っている。志賀さんは編み物が得意で、むかしはセーターをよく編んでいたらしい。最近は根気がなくて大きなものは作れないの、と笑っていた。

そういえば以前、松野さんが、志賀さんの部屋でお茶をご馳走になったら、それがすごくおいしくて、と言っていたのを思い出した。緑茶なんだけど、まろやかで、苦くも渋くもない、きっと高級な茶葉なんだ、と。

松野さんからは、今度いっしょに志賀さんのお部屋に行ってゆっくり話そう、と誘われていた。でもわたしは、そこまで親しくなっていいものか、ちょっと決めかねていた。これからはひとりしずかに暮らせればいい、親しい友だちはいなくていい、と思っていた。だから松野さんも志賀さんもいい人なのはわかっているけど、付き合いはデイサービスのときだけにしていた。

切ったり貼ったりしながら、さっきの会話を思い出し、もう旅行のことは話さない方がいいのかもしれない、と思った。旅行の話は施設の係の人にもした。涼香が外出許可のために施設に申請したから、そのことはみんな知っているらしく、いろいろな人から、旅行に行くんですね、いいですね、と言われた。

だけど、入居者のほとんどは旅行に行きたくても行けない。身体のこともあるし、お金のこともある。だれかといっしょでなければ出かけられないのだ。うれしいからと言ってペラペラしゃべっていたら不愉快になる人もいるだろう。

変に目立つと良くないことが起こる。子どものころ母に言われたことを思い出し、ちょっと自重しないと、と思った。

それでも、旅行の日が近づいてくると、胸が高鳴るのを抑えられなかった。涼香から出来あがったパンツを受け取り、旅行カバンを貸してもらうと、なにを持っていくか考えながら何度も荷物を詰め替えた。

服も化粧品もほとんど持っていない。迷うほどの数はないのに、あれもいるかもしれない、これは多すぎだろうか、と悩んだ。涼香に相談すると、どうせ車で行くし、荷物は直行さんか晴翔が持ってくれるから、持っていきたいものは全部持っていったらいいんじゃない、と笑われた。

歯ブラシはどうしよう。高原と言っても日差しは強いから、日焼け止めも必要だよね。それに帽子や首に巻くストールも。帽子とかストールってどうしたんだっけ。前はたくさん持っていたけど、ここに来るとき処分してしまったような気がする。クロゼットの中の衣装ケースをひっくり返すと、ストールは一枚出てきたが、帽子は出てこない。

この施設は外観も内装も介護施設っぽくない。すべての場所がバリアフリーで手すりがついているけれど、それ以外は壁も木目調でふつうのマンションみたいだ。そこが気に入って入居したが、実際には介護施設だから、入居者は自由に外に出られない。

以前は簡単にできた、ちょっと足りないものを買いにコンビニまで、みたいなことはできないのだ。外出は家族に付き添ってもらうか、週に何度か施設の人に付き添ってもらってみんなで近くの小さなスーパーに行くくらい。

スーパーに行けば、歯ブラシや日焼け止めは買える。ほかに必要なものはなかっただろうか。もう長いこと旅行になんて行ってないから、なにとなにを準備すればいいのか、よくわからなくなってしまっている。それに、帽子はあのスーパーには売っていない。

困ったり迷ったりすると、涼香に電話して相談した。涼香はそのたびに、うんうん、わかった、帽子だね、わたしのを持っていって貸すね、とか、日焼け止めはみんなで使えるのを持っていくから大丈夫、とか、ていねいに答えてくれた。

涼香の子どものころのことを思い出し、ため息をつく。小学校の修学旅行のときは、荷物をいっしょに準備した。中学のときは荷造りは自分でしたけれど、事前の買い物にはいっしょに行って、足りないものを買いそろえた。いつだって、チェックするのはわたしの役目で、忘れているものがあれば指摘したりもした。

いまはすっかり逆になってしまった。涼香に早口であれこれ言われると、すぐに呑みこめず、混乱するときもある。長いこと旅行に行っていなかったというだけでなく、少しずつ頭の回転が鈍くなっているのかもしれない。

義理の両親、自分の両親、そして夫。老いていくのを見ながら、老いとはさびしいものだとずっと思っていた。だれからも頼られなくなり、家以外の居場所もなくなっていく。義父も夫も会社勤めだったころは堂々としていたが、身体が弱りはじめるといきなり小さく、頼りなくなった。

わたしにもそういう時期がやってきたのだ。でも、それもこれも自然なことだ。うちは忠洋も涼香もきちんと仕事をして、家庭にも問題はない。孫たちもそこそこ良い学校に進み、学校でもうまくやっているみたいだ。知り合いのなかにはこの年になっても子どもや孫の心配をしている人たちがけっこういるから、わたしはしあわせだと思う。

みんなそろっての旅行なんてきっとこれが最後だ。そういう機会を用意してくれた涼香や直行さんには感謝しかなかった。

わたしはもう涼香たちの役に立つことはできない。それは少しさびしいことだけど、精一杯楽しもうと思った。

3

当日は朝早く出発することになっていた。涼香たちが車で七時に迎えにくる。

前日は早く床についたが、気持ちが昂ってなかなか寝つけない。眠るための薬を飲んだが目が冴えてしまっていた。眠れないと思うと余計に眠れなくなる。そんな悪循環でどうなることかと思ったが、いつのまにか眠りに落ちていたらしい。

なぜか夫の夢を見た。前に住んでいた家の庭にいて、ゴンタといっしょにこっちをじっと見ている。ゴンタは黒くて小さい犬だった。

犬を飼いたいと言い出したのは忠洋だ。ちゃんと世話をするという約束で、忠洋が小学校にあがる少し前に飼いはじめた。約束通り忠洋は毎日ゴンタを散歩に連れていき、ゴンタも忠洋にいちばんよくなついていた。

　ゴンタからすると、毎回餌をくれるわたしが家のなかでいちばんえらくて、忠洋は友だち。涼香は自分より格下。夫は生き物があまり好きではなかったのか、ゴンタと距離を取っていたから、ゴンタの方も夫にはあまり心を開かず、微妙な関係が続いた。

　ゴンタは忠洋が大学生のときに死んだ。犬としては天寿をまっとうしたといえる年齢だったけれど、忠洋も涼香も何日も泣いて、夫が困っていたっけ。犬をもう一度飼いたいと思ったこともあるが、夫にまたあんなふうになるのは嫌だと反対された。

　生きているころはおたがいに苦手だったみたいだけど、いまは仲が良さそうだ。仲良くなったのね、と話しかけようと思ったが、近寄れない。にこにこ笑いながらこっちを見ているだけ。でも、その笑顔を見ながら少し安心していた。

　目が覚めて、時計を見ると目覚ましをかけた時間より前だった。ほっとして起きあがり、もう一度荷物を確認する。記憶に不安があるので、チェック表も作ったのだ。それと照合し、またカバンに詰める。大丈夫、忘れ物はない。

　涼香といっしょに買ったブラウスとパンツを着る。あかるい色で、少しどきどきしたけれど、鏡の前に立つとやっぱりいい。これにして良かった、と思った。車のなかが寒いかもしれないから、カーディガンも羽織る。そうこうしているうちに、涼香の家の車が迎えにきた。

「お母さん、やっぱりその服似合うね」
涼香がにこにこ笑いながら言う。
「すごく上品で素敵ですよ。荷物、持ちますね」
直行さんはそう言うと、軽々と旅行カバンを持ちあげた。施設の人たちに見送られ、車に乗りこむ。晴翔はいまのびざかりのようで、数ヶ月前に会ったときよりずいぶん背が高くなった。筋肉の方はまだ成長に追いついておらず、ひょろっと縦にだけのびた感じだ。

晴翔が助手席に座り、わたしは涼香と都和とならんで後部座席に座った。都和が座りにくい真ん中になってくれたが、もう都和もわたしよりずっと背が高い。高校時代からそんなにのびてないと言っていたから、わたしの方が縮んだのかもしれない。

都和と晴翔の会話はわからない単語が多くて全然ついていけない。でも都和は、わたしに対してはゆっくりわかりやすく話してくれる。福祉について勉強していて、いろいろ習っているみたいだと前に涼香が言っていた。高校がキリスト教系の大学の附属校で、そのまま上の大学にあがった。いつのまにか、孫にも守られる立場になっていたんだな、と思う。

夏休みも終わりごろだし、平日だしで、高速道路にも渋滞はなかった。サービスエリアで一度休憩し、そこから一気に軽井沢に向かう。

昼前に軽井沢に着き、まずはショッピングモールにはいった。駐車場で車を降りると、みんないっせいに、涼しい、と声をあげた。冷房の涼しさとはちがう。空気がさわやかで、ああ、そうだった、軽井沢はむかしもこんな空気だった、となつかしくなった。

今年の夏も暑かった。温暖化というののせいだろうか、わたしたちが若かったころよりずっと暑い。もう夏休みも終わる時期なのに、まだまだ暑さは続くみたいだ。わたしは施設からほとんど出ないけれど、外が暑いのは伝わってくる。部活で毎日学校に行く晴翔は、行くだけで汗だくだとぼやいていた。

ショッピングモールは広くて立派だった。大きな芝生の広場や池があり、子どもたちが遊んでいる。都和も晴翔ももうそういうところで遊ぶ年ではないが、以前だったら大はしゃぎだっただろう。

銀婚式で軽井沢に来たときはこのショッピングモールができたばかりで、まだここまで広くなかった。少し興味はあったけれど、夫は、軽井沢まで来てショッピングモールなんかに行かなくてもいいだろう、と一蹴したし、一泊だけの旅行でそこまで時間もないから立ち寄らなかったのだ。

敷地内はよく整備されて平坦《へいたん》だから、歩くのは楽だった。だが、信じられないほど広い。ブランド品のアウトレットのお店がずらりとならんで、わたしはあまり興味がないが、松野さんなら大喜びするかもしれない、と思った。

フードコートでランチをとったあと、直行さんと晴翔はアウトドア用品店のあるエリアに向かった。涼香と都和はそれと反対側のファッションや生活雑貨の店がならぶエリアに向かうことになり、わたしはよくわからないまま涼香たちについていった。

こんな広くて人が多い場所を歩いたのは久しぶりだった。もちろん、人が多いと言っても、夕方のデパ地下みたいにぎっしりいるわけじゃない。通路も広いし、ゆったりしたものだ。むかしだったらきっとこんなのはなんでもなかったんだろう。でも、ずっと街なかに出ていなかったせいか、なんとなく怖い。

広がって騒ぎながら歩く若者、不規則に走ったり止まったりする子どもたち。常になにかにぶつかりそうで、冷や冷やした。涼香と都和の歩く速度も速くて、追いつくのがやっとだった。都和の服を見たり、生活雑貨の店をのぞいたりするうちに、疲れてふらふらになってきた。

「おばあちゃん、大丈夫？」

都和が心配そうに訊いてくる。

「ああ、ごめんねえ、ちょっと疲れちゃったみたい」

実際には、ちょっと、どころではない。一刻も早く座りたい、という気持ちだった。

「ごめん、ごめん、おばあちゃんのこと考えてなかった。少し休もう。ちょっと待ってて」

涼香が申し訳なさそうに言って、店の外に出ていく。そうしてすぐに戻ってきて、あっちに椅子があるから、そこで休もう、と言った。涼香と都和に支えられながら椅子のある場所まで行く。ほかにも座っている人がたくさんいたが、なんとかひとり分の空いている場所を見つけて腰かけた。

「大丈夫かな？」

涼香が心配そうにわたしを見る。

「ちょっと疲れただけ。せっかく来たんだし、涼香たちはお店、見ておいで。わたしはここで座って待ってるから」

「そしたらわたしもここにいる。都和はお店、見ておいで」

涼香が言った。

「それじゃ都和がかわいそうだよ。わたしはここで座ってれば大丈夫だから」

「でも……」

「大丈夫大丈夫。気を遣われるとかえって気になるし、いいから行っといで」

わたしがうながすように言うと、涼香も渋々うなずいて、都和と店に戻っていった。

まったく嫌になっちゃうな。毎日施設のなかだけで暮らしてるから、自分の体力が落ちてることに気づいてなかった。こんなにも歩けなくなってたなんて。できると思っていたことができなくなっていることに落胆したし、ショックだった。

ため息をつき、高い天井を見あげる。

こんなんで、明日の森林ハイク、行けるのかな。明日の予定を思い出し、不安になった。

——森林ハイクって言っても、アップダウンはほとんどないんだって。道も整備されているから、ふつうの靴で大丈夫だし、休み休み歩いて二時間くらいらしいから、お母さんもいっしょに行こうよ。

旅行の話のときに涼香にそう言われ、いいよ、とうなずいてしまった。以前は山が好きだった。登山といえるほどではないけれど、五十代くらいまでは友だちとよく日帰りでハイキングに行った。友だちというのは、涼香が高校のときの同級生のお母さんたちで、父母会で意気投合していっしょに山に行くようになった。

みんな中央線沿線に住んでいたから、行き先はたいてい高尾《たかお》や秋川《あきかわ》。子どもたちが学校に行ったあとに家を出て、電車で合流して目的地へ。お昼までにのぼって、上でお弁当を食べて帰ってくる。それだけの日帰り旅行だけど、山の上での開放感がたまらなかった。

涼香が高校を卒業したあともその人たちとの交流は長く続いたけれど、そのうち義父の介護で出かけるのがむずかしくなり、ほかの人たちもみんな介護や自分の体調不良で行けなくなって、いつのまにか自然消滅していた。なかのひとりが三年前に亡くなって、ほかの人はいまどうしているんだろう。施設にはいってからは連絡すら取らなくなった。森林ハイク。涼香に誘われたときは、できるつもりでいた。施設にはいったときから、足腰が衰えないようにしようと日々施設の廊下を数往復するようにしていた。でも、そんなんじゃ全然足りなかったみたいだ。

いまのこの状態を考えると、とても無理な気がしてくる。アップダウンがないと言っていたが、自然の地形なのだ。急な坂がなくても、のぼりくだりは絶対にあるだろう。いくら整備されているといっても、凸凹もあるはずだ。ショッピングモールでもヘタっているのに、山道なんて歩けるわけがない。

もしいまみたいにヘタってしまっても、山道ではこうやって休む場所もない。あったとしても、そこにとどまり続けるわけにはいかない。休んでも歩けないくらい疲れてしまったら？　いくら直行さんや晴翔がいると言っても、背負ってもらうわけにはいかない。

それに、もし転んでしまったら？　最近はバランスを崩しやすい。ゆらっとしても、前なら転ばずにこらえられたのに、最近はそのまま転んでしまう。施設ならいつも係の人が近くにいるから怖くないけれど、山道で転んでしまったら？　足を挫《くじ》いてしまうかもしれないし、派手に転んであちこち怪我してしまうかもしれない。

そうしたらせっかくの旅行が台無しだ。直行さんや都和、晴翔に悪いし、なにより誘ってくれた涼香に申し訳ない。

わたしはホテルで待っていた方が良さそうだ。あとで涼香にそう言おう。そう決めたとき、涼香と都和が戻ってきた。ふたりとも手に紙袋をさげている。買い物できたんだな、と思うと、なぜか少しほっとした。

「ごめんね、待たせちゃって」

涼香が言った。

「大丈夫だよ。歩いている人を見てるだけで、ちょっと楽しかった」

笑って、そう答える。

「なに買ったの？」

「Tシャツと半袖のブラウスを何枚か。大学がはじまってからも暑そうだから」

都和が答える。都和の大学がはじまるのは九月の終わりらしい。でもたしかに、最近は十月ごろまで暑いから半袖でじゅうぶんかもしれない。

「大学生になると、制服ないからたいへんなんだよね。高校生のころは楽だったなあ」

都和がぼやく。

「なんで？　女子大生なんだし、おしゃれしたいんじゃないの？」

「まあ、そういう人もたくさんいるけどさ。わたしはあんまり服とかメイクとか関心ないし、暑いからがんばれなくて……。課題も多くて、遊んでるヒマもないしねえ」

「わたしたちが学生だったころとはずいぶんちがうのよね。出席もきびしいし、学生たちもみんな真面目だって聞いたよ」

涼香が言った。

「そうそう、遊んでても卒業できたお母さんたちの時代とはちがうんだよ。社会に出てからだってたいへんだし、いま真面目にやっとかないと後悔することになるから」

都和が真顔で言う。たしかに涼香たちの時代とはちがう。あのころは円も強くて、海外旅行も簡単に行けた。「大学生は遊ぶのが仕事」みたいな時代だった。涼香は教職課程を取っていたし、真面目な方だったけど。

「あ、お父さんからメッセージ来た。向こうも買い物終わったみたい。合流しよう、って」

都和がスマホを見ながらそう言った。

「おばあちゃん、大丈夫？　歩ける？」

「大丈夫。だいぶ休んだからね」

わたしはそう言って腰をあげた。まだ完全に疲れが取れたとは言えない。でも、これで合流したらあとは車でホテルに移動するだけ。大丈夫だ。

「お父さん、池の近くで待ち合わせって言ってるけど、それだと駐車場まで遠回りだよね。おばあちゃんがたいへんそうだから、車で待ち合わせにしてもらおうか」

都和が涼香に言った。

「そうだね」

涼香がうなずくと、都和がスマホでメッセージを入力しはじめる。

「いいよ、いいよ、池まででしょ？　歩けるよ」

あわてて言った。ほんとはちょっと遠いと思ったけど、これじゃあ直行さんに申し訳ない。

「無理しないで。わたしたちもけっこう荷物重いし、直接車に行く方が楽だから。わたし、鍋を買っちゃったのよ」

涼香が笑う。

「そうそう、すっごい重いやつ」

都和も笑った。涼香がぶらさげている丈夫そうな紙袋のなかを見ると、大きな箱がはいっていて、たしかに重そうだ。

「そう？　それなら……」

そういうことなら失礼じゃないのかもしれない。少しほっとする。

「お父さん、車でいいってさ。じゃあ、行こう。ゆっくりで大丈夫だよ」

都和がわたしに手を差し出した。なにげなく手を握り、その大きさに驚いた。

小さかったころは……。都和とはよく手をつないだ。公園に行くときも、買い物に行くときも。抱っこやおんぶはしんどくてとてもできないから、手をつなぐだけ。都和もわかっているのか、わたしに対しては抱っことは言わなかった。

小さくて、やわらかかった。表面のやわらかさじゃなくて、骨が細いから手そのものが頼りなかった。でもいまはしっかりしている。わたしの方がつないでもらっている。頼もしくてうれしくなると同時に、なんとなくさびしくなった。

森林ハイクのことは言い出せず、都和と涼香の話をぼんやり聞きながら駐車場に向かった。

4

直行さんたちと合流し、ふたたび車に乗って銀河ホテルへ。ホテルのあたりに来ると、むかし来たときと同じ森が広がっていた。

ここは変わってないんだな。

窓の外を見ながらほっとする。二度目に来たのは冬だったから木の葉が落ちていて、森の景色はずいぶんちがうものだった。だが、最初にここを訪れたときの印象がとても強くて、いまでもよく覚えている。

ホテルに到着。建物もむかしとまったく変わりがない。古いけれど、よく手入れされている。荷物は晴翔が持ってくれて、みんなでホテルのロビーにはいった。

やっぱり落ち着くなあ。この前来たのは三十年近く前だから細かいところはいろいろ変わっているけれど、内装や調度品は全部そのまま。来て良かった、としみじみ思った。

「すごいホテルだね」

都和が小声で言った。

「建物自体は戦前に造られたものみたいだよ。見事なもんだなあ」

壁や天井を見まわしながら直行さんが息をついた。涼香はむかしわたしたちと来たことがあるが、直行さんや都和たちにとってははじめてなんだ、と思い出した。

「写真撮っていいかなあ？　みんなに自慢しよ」

晴翔がスマホをかまえ、ロビーの写真を何枚も撮る。

「ちょっと、ほかの人が写ってる写真はＳＮＳにあげちゃダメだよ」

都和が注意する。

「知ってるよ、それくらい」

晴翔は都和の顔も見ずに答える。小学生のころは無邪気だった晴翔も中学にはいってから反抗期を迎え、一時はたいへんだったみたいだ。最近になって少しマシになってきた、と涼香がこの前言っていた。

直行さんと涼香がチェックインの列にならんでいるあいだ、都和と晴翔はロビーのあちこちをまわり、写真を撮っている。わたしはソファに座り、フロントの横の見覚えのない棚に気づいた。リーフレットがたくさん挿さっている。

なんだろう。立ちあがり、ゆるゆると棚に向かった。どうやらホテルでおこなわれているアクティビティの案内のチラシらしい。そういえば、涼香はホテルのホームページのアクティビティの欄で森林ハイクを見つけたと言っていたっけ。

見ると、なかに森林ハイクと書かれたリーフレットもあった。めくってみると、コースの紹介や途中で見られるものの写真が載っている。スマホは持っているけれど、使い方はよくわからない。涼香に森林ハイクのページを見せてもらったが、画面が小さくて見るのが辛く、内容をちゃんとわかっていなかった。こうして紙に印刷されているのを見ると、なにがあるかよくわかるし、楽しそうに見えてくる。

でも、わたしにはやっぱり無理そう。そのことを言わないままここまで来てしまったけれど、ちゃんと言わないと。でも、いつ言えばいいんだろう。みんなのいるところで話すのは気が引けるから、涼香とふたりのときにしたいんだけど……。そのことを考えると気が重い。

気をまぎらわせるために、棚に挿さっているほかのリーフレットをぼんやりながめた。料理体験や工作体験など、屋外のアクティビティだけでなく、屋内のものもあるみたいだ。

「これ、なんだろう」

手に取ったリーフレットには「手紙室の手紙ワークショップ」と書かれていた。

手紙室？　以前来たときにはそんなものはなかったと思うけど……。

そう思いながらリーフレットを開いた。手紙室はダイニングルームとは反対側。蔵書室のとなりにあるらしい。そこでは予約制で「手紙ワークショップ」というものが開催されている、と書かれていた。

手紙ワークショップ？　発送しない手紙を書いても良い、とある。発送しない手紙？　そんなの書いてどうするんだろう。そう思いながら続きを読むと、もう会うことのできない人、過去や未来の自分などに手紙を書くということらしい。

なんとなく、夫の顔が頭に浮かんだ。生きているあいだに話せなかったこともたくさんあるし、きっとそういう相手に手紙を書くということなんだろう、それなら書きたい人もいるのかもしれない、と思った。

手紙室には色とりどりのインクも置かれているらしく、そのインクで書かれた線や文字の写真も載っている。すごくカラフルで、手紙を書かなくてもそのインクだけでもちょっと見てみたいな、と思った。

ほかのリーフレットと合わせてバッグにしまったとき、涼香がやってきた。チェックインが終わったらしい。直行さんが子どもたちを呼ぶ。

「じゃあ、まずは部屋に行こう。荷物はホテルの人が運んでくれるって」

直行さんがそう言って鍵のはいったケースを見せる。

「さすが高級ホテルだねえ」

晴翔がにやにや笑った。

「部屋は二階なんだけど、お母さんは階段辛いよね。こっちにエレベーターがあるらしいから、それであがろう」

涼香に言われ、あとについて歩いた。

「俺は階段で行く。階段すっげえカッコいいし」

晴翔が階段をのぼりはじめると、都和も、じゃあ、わたしものぼる、とあとに続いた。

部屋は分かれているが、廊下をはさんで向かい側にしてくれたらしい。カードキーを受け取り、涼香たちと部屋にはいる。

「うっわー、すごい、素敵」

部屋にはいったとたん、涼香が声をあげた。

「ファンタジー映画じゃん」

淡い黄色に塗られた壁と天井。細工のある窓枠。深い紫色の布張りのソファ。最初に来たときはラベンダー色の壁の部屋だった。子どもたちの部屋はスカイブルー。銀婚式で来たときはオフシーズンだったこともあり、銀婚式だと伝えたら部屋をアップグレードしてくれた。あの部屋はたしか淡い落ち着いたピンク色の壁だった。

「前に泊まった部屋は壁が別の色だったよね。二回とも別の色だったから、きっと部屋ごとにちがうんだ」

涼香が言った。

「そうみたい。晴翔から写真が来た。向こうの部屋は薄い緑色だって」

都和がそう言って、スマホを見せてくれた。晴翔が撮った向こうの部屋の写真が映っている。

「すごいね、最近はなんでもすぐに写真を撮って送れるんだね」

「まあね」

都和があたりまえのように言う。

「スマホがなかったころってどうやってたんだろう、って思うよ。写真や資料を送るとか……」

「それは郵便で送るか……。あと、ファックスっていうのもあったよね。でも、郵便だと何日かかかっちゃうし、ファックスは自分が持ってても相手が持ってなかったら送れないから……」

涼香が答える。

「よくみんなそれで仕事できてたよね」

都和が笑った。

わたしたちからすると、それがあたりまえだったし、とくに不便だとも思っていなかった。郵便がすぐに着かないことも、家にいなければ電話がつながらないことも、みんなそういうものだと思っていた。

留守番電話やファックスができたときや携帯電話ができたときは便利になったと思ったけれど、インターネットというものができてからわからなくなった。だが、都和に話しても伝わらないだろう。そう思って口をつぐんだ。

それから涼香と都和が直行さんたちの部屋に行き、少しして直行さんと晴翔を連れてこちらの部屋に戻ってきた。ふたつの部屋をくらべ、あれこれ騒いでいる。わたしはソファに座ったまま、その様子をながめていた。都和も晴翔も身体は大きくなってもまだまだ子どもっぽいところもあるんだな、と思ってなごやかな気持ちになった。

四人はホテルのなかを探検してくると言って部屋を出ていき、わたしはひとりになった。以前来たときに素敵だったイングリッシュガーデンを見たい気もしたが、さっきのショッピングモールですっかり疲れてしまい、ここでうろうろすると調子が悪くなってしまう気がして怖かった。

部屋着に着替えてベッドに横たわる。天井を見あげていると、以前来たときの細かいあれこれが浮かんできて、それにともなって軽井沢にまつわる記憶が次々とよみがえってきた。

保養施設に泊まったときだったが、涼香がお腹を壊してどこにも行けなくなったときもあった。あのときは夫が忠洋を連れて出かけ、涼香とふたりでずっと部屋のなかで過ごした。たしか涼香が中学生のころのことだ。ぼんやりテレビを見ていただけだったが、久しぶりになにもせずふたりで過ごした時間のことを妙にはっきり覚えている。

忠洋と涼香がケンカしてたいへんなことになったりもした。その日行く場所のことでもめて、ふたりとも何時間も黙りっぱなしで、しまいには夫も怒ってしまい、困ったことになったと思っていた。結局どうやって仲直りしたのかは忘れてしまったが。

楽しかったなあ。こうして考えていると、変な記憶ばかりよみがえってくるけど、それもこれも楽しかった。そんなことを考えているうちに、いつのまにかうとうとしていたようだった。


物音がして目が覚める。出かけていた涼香たちが帰ってきたらしい。

「どうだった？」

身体を起こし、都和に訊ねる。

「どこも素敵だったよ。建物のなかもだけど、庭に生きてる木でできた迷路があるんだよ。大きくて、人がなかを歩きまわれるやつ。なにかの映画で見たけど、本物があるなんて」

都和が興奮した口調で答える。

「そうそう。むかしからあったんだよ。涼香と忠洋もそこでずいぶん遊んでた」

わたしは笑いながら答える。

「そうだったね。あそこ、好きだったなあ。ほんと、ファンタジーの世界にはいったみたいな気持ちになれて」

涼香がうなずく。

「ところで、いま何時？」

わたしは訊いた。

「そうだった、もうすぐ六時なんだ。夕食の予約が六時半だから帰ってきたんだよ。素敵なレストランだし、ちゃんとした服に着替えなくちゃと思って」

都和がそう言って荷物を開ける。ワンピースを取り出し、鏡の前に立った。服にはあまり関心がないと言っていたけれど、やっぱりきれいな服を着たいものなんだな、と思った。

「わたしも化粧直しして、着替えてくる」

涼香もバスルームに行く。わたしも部屋着で行くわけにはいかない。来たときに着てきたブラウスとパンツ、カーディガンに着替える。

「おばあちゃん、その服おしゃれだよね。おばあちゃんによく似合ってる」

都和が笑った。

少し眠ったのがよかったのか、気分はだいぶ良くなっていた。だが、体力的にはやはり不安だ。明日の森林ハイクはやっぱり無理だな、と思う。結局涼香とふたりになる機会がないままここまで来てしまった。夕食の席で話すのは気が引けるが、もうそのときしかない。

涼香たちといっしょにエレベーターで一階に降りた。ちょうど日が沈んだばかりで、窓から見える外の景色もうっすらと赤い色が残りつつ、薄暗くなってきていた。

ダイニングルームにはしずかな音楽がかかっている。これもむかしと同じだ、と思う。落ち着いた雰囲気。人々の談笑が聞こえ、ゆったりした時間が流れている。

直行さん、都和、晴翔はしっかりした肉料理。涼香もサイズは小さいがチキンのローストを頼んでいる。涼香がわたし用に高齢者向けのメニューを頼んでいて、小さなグラタンと小さなクリームコロッケがのったプレートが運ばれてきた。

グラタンはほどよい大きさで、コロッケのソースも食べやすく、全部食べることができた。直行さんも都和も晴翔も満足そうだ。

夕食が終わり、コーヒーが運ばれてきたところで、庭の話になった。

「お母さん、覚えてるかな？　むかしここに泊まったときに歩いた小道があったでしょう？　庭の隅から裏の山の方に続いてる道」

「ああ、もちろん覚えてるよ。あのときみんなで歩いたよね」

あの思い出の小道のことだ。涼香も覚えていたんだな、とうれしくなった。

「あの道が整備されてハイキングコースになってるみたい。明日の森林ハイクもそこを歩くんだよ。ちょっと歩いてみたんだけど、アップダウンはあまりなさそうだし、道も整備されてた」

「あの小道を……？」

「でも、おばあちゃん、ほんとに大丈夫？　けっこう歩くみたいだけど」

都和が心配そうにわたしを見た。

「でも、一時間くらいなんだろ？」

晴翔が言った。

「ふつうの人だったらそうだけど。でもおばあちゃんはゆっくりだから、往復二時間くらいかかるでしょ。お母さん、フロントの人にそう言われたみたいだよ」

「え、二時間？　そんなに歩くの？」

晴翔が不満そうに言う。

「だから、ゆっくり歩くからだって。歩く距離としては一時間分くらいだよ」

　都和が説明した。

「その話なんだけど……」

　言いにくかったが、ここで言わないわけにはいかない。仕方なく切り出した。

「あのね、いろいろ考えたんだけど、おばあちゃんには森林ハイクはちょっと無理かな、と思って。おばあちゃんはホテルで待ってるから、みんなで行っておいで」

　一気にそう言った。

「そうなの？　お母さんも楽しそう、って……。さっきショッピングモールで疲れちゃったから自信がなくなっちゃったんじゃない？」

　涼香がわたしをじっと見る。

　行きたい気持ちはある。とくに、あの小道だと知ったいまは。もう一度涼香とあの小道を歩きたい。でも、いまのわたしには……。

「ショッピングモールは人が多かったし、人疲れもあったのかもしれないよ。森林ハイクは外だし、ガイドさんもゆっくり歩いてくれるって言ってたし。それに、疲れちゃったら途中で戻ってもいいって」

「そうなの？　でも、そしたらみんなに悪いし……」

「大丈夫だよ。いざとなったらお母さんを連れてわたしだけ戻ってもいいんだし」

涼香が言った。

「あのね、お母さん」

都和が横から口をはさんだ。

「おばあちゃんを連れていきたい気持ちはわかるけど、きっとおばあちゃんは不安なんだと思う。みんなに悪いからじゃなくて、自信がなくて、おばあちゃん自身が歩くのが怖いんだよ。だから無理強いするのは良くないと思うよ」

都和の言葉に、涼香がぐっと黙る。

「おばあちゃんも、みんなに悪い、っていう言い方じゃ伝わらないから、自分が不安なんだってはっきり言わないと」

都和に諭されるようにそう言われた。その通り。ほんとはわたし自身が不安なのだ。でも、わがままのような気がして、そうは言いにくい。都和はその方が伝わるって言うけど……。なんと言ったらいいかわからなくなり、じっと黙った。

「そしたら、森林ハイク自体中止にしようか。なにか別の……車で行けるところだっていくらでもあるんだし」

直行さんが言った。

「ええっ、森林ハイク、わたしは行きたいよ」

都和が反対する。

「そうですよ、せっかく来たんだし。いいんです、わたしはホテルでのんびりしてた方が楽だし……。気を遣わずに行ってください」

わたしは直行さんにそう言った。

「そしたら、わたしもホテルに残る。森林ハイクは三人で行ってきて」

涼香が言った。

「ええー、森林ハイクはもともとお母さんが楽しみにしてたんじゃないか。お母さんが行かないなら意味ないだろ」

晴翔が不満そうな顔になる。

「でも、おばあちゃんだってホテルにひとりで残るのはさびしいでしょ」

涼香の言葉に、大丈夫だよ、と答えようとしたが、すぐに声が出なかった。

「だいたい、俺は別に森林ハイクなんて行きたくなかったんだ。お母さんが行くって言うから行くだけで、それなら部屋でゲームやってた方がいいし、俺が残るよ」

「あんたが残っても、ゲームしてるだけでなんの足しにもならないでしょ。もう中三なんだから、そういう子どもっぽいこと言わないで」

都和が晴翔をたしなめると、晴翔はぷいっと横を向いた。

どうしよう。雰囲気が悪くなってきてる。全部わたしのせいだ。わたしが行かないって言ったから……。でも行くのは怖い。外でなにかあったら、と思うと、行くとは言い出せない。

「とにかく、おばあちゃんをひとりにするのは心配だし、お母さんが残るよ。森林ハイクはみんなで行ってきて。それであとで写真を見せてくれれば大丈夫だから」

涼香の言葉に、都和がわかった、と答える。

「写真なんて言わず、リアルタイムでビデオ通話すればいいよ。そうすれば動画が見られるでしょ？」

「まあ、そうだな。部屋にあるテレビとスマホをつなげられるかもしれない。そしたら大きな画面で見られるし」

都和と直行さんがあかるい口調で言ってくれたおかげで、それ以上おかしなことにならずにすんだ。森林ハイクをいちばん楽しみにしていた涼香が行けないというのが気にかかったけれど、ここで蒸し返すのは良くないと思って、口を閉じた。

5

夕食後、涼香と都和はダイニングルームの反対側にある蔵書室に行ってみたい、と言った。食事で疲れたこともあり、わたしは直行さんと晴翔といっしょに二階にあがり、部屋に戻った。

ソファの前のローテーブルに本が置いてあるのが見えた。『樹木観察ガイド』。前に涼香に見せてもらった本だ。カラーで植物の写真が掲載されていて、これを見れば外で見かける植物の種類がわかるようになるんだ、と言っていた。

ページをめくると、あちらこちらに付箋が貼ってある。施設で見せてもらったときは、涼香は熱心に説明していたけれど、なんだかむずかしそうだなあ、と思ってぼんやりながめていただけだった。涼香、ずいぶん調べたんだなあ。付箋の貼られたページをたどりながらそう思った。

涼香はむかしから植物が好きで、大学は理学部の生物学科に進んだ。まわりからは女の子が理系に進んでどうするの、と言われたが、希望を貫いた。さすがに研究者になろうとは思わなかったみたいだが、高校の理科の先生になった。

だからもともと植物にはかなりくわしい。街路樹やほかの家の庭木を見たときも、すぐに名前を教えてくれる。でも、山のなかにはまだ実物を見たことのない木がいろいろとあるらしい。前に本を見せてくれたときそんな話をしていたのを思い出した。

涼香、森林ハイクに行きたかったんだろうなあ。さっきもあの小道のことを話していたけど、きっと待ちきれない気持ちだったんだろう。涼香にとってはこの旅行のハイライトだったはずだ。

——だいたい、俺は別に森林ハイクなんて行きたくなかったんだ。お母さんが行くって言うから行くだけで、それなら部屋でゲームやってた方がいいし、俺が残るよ。

晴翔はそう言って都和にたしなめられていたが、晴翔なりにほんとうのことを言っていたんだと気づいた。森林ハイクをいちばん楽しみにしていたのは涼香だ。それを台無しにしてしまった。そう気づいて、いたたまれない気持ちになる。


やっぱり来なければ良かった。わたしが来たからこんなことになったんだ。

ソファに腰をおろす。

涼香は心配だって言ってたけど、わたし、ひとりで留守番くらいできるんだけどな。涼香はわたしに悪いと思って残ってくれるんだろうけど、行ってくれた方がいっそ気が楽だ。さびしくないと言ったら嘘になるが、ホテルのなかでも見たいと思っていたところはたくさんある。

ひとりでダイニングルームでお茶を飲んだりもしてみたいし、今日は疲れて行けなかったけれど、イングリッシュガーデンをゆっくり歩いてみたい。むかしのことを思い出しながら。みんなのペースは速すぎるし、会話を聞き取るだけで疲れてしまう。

そういえば、インクがたくさんある部屋があるんだっけ。えーと、なんだっけ、そう、「手紙室」。さっきリーフレットを取ってきたのを思い出し、バッグを開けた。何枚かあるリーフレットのなかから手紙室のものを探す。

あった、これだ。なかを開くと、手紙室の説明やワークショップのことが記されていた。ワークショップは完全予約制で、受講料もけっこう高い。自分で手紙を書くだけなのにこんなにするの？　時間も一時間半もかかるみたいだ。きっと手紙を書く作法のこととかをくわしく解説してくれるんだろうけど、もう手紙なんて書くこともないし、わたしには必要ない。

ただこのインクの瓶がならんでいる棚を見てみたいだけなんだけどなあ。見学だけっていうのはできないんだろうか。リーフレットのなかを探すと、隅の方に「手紙室の利用はワークショップの方限定。見学不可」と書かれていた。

そうだよなあ、インクの瓶はガラスだろうし、自由に見学できるようにしたらなにが起こるかわからない。ここにはいるためにはワークショップを受けるしかない、ってことか。一時間半のワークショップ。ひとりで受けるなら、講師の人と一対一ってことか。話が合うとも思えないし、気詰まりな気もする。

だけど……。もしみんなが森林ハイクに行っているあいだ、わたしがこれを受けたい、って言ったらどうなるだろう。

——おばあちゃんも、みんなに悪い、っていう言い方じゃ伝わらないから、自分が不安なんだってはっきり言わないと。

都和のはきはきした口調を思い出した。都和はいつもそうなのだ。涼香も前に、都和は人一倍正義感が強いみたいで、と言っていたが、なんでもはっきり言わないと気がすまない性格だ。「察してもらおうとするのはズルいことなんだよ、したいことがあるならはっきり言わないと」とよく言われる。

いつも笑いながらそうだね、と答えるけれど、内心、はっきり言ったら相手が気分を害することだってあるんだよ、と思っていた。でも、都和の言うことにも一理あるのかもしれない。

ワークショップを受けるとなれば、そのあいだ、わたしもひとりで過ごすわけじゃない。ホテルのなかでおこなわれるものだし、手紙を書くということはほとんど座ったままだろう。安全だし、ひとりでぼうっと過ごすことにもならない。わたしは手紙室でワークショップを受けてるから、涼香も気にせず行っておいで、と言えば、涼香も森林ハイクに行く気になるかもしれない。

リーフレットに載っているインクの棚を見る。この棚をながめるだけじゃなくて、実際にインクを使えたら楽しいかもしれない。手紙はうまく書けないかもしれないし、金額的にもちょっと贅沢だけど、せっかく来たんだし、やってみようかな。

リーフレットを見ると、予約はフロントで受け付けているとある。どきどきしながら部屋の電話を手に取った。フロントのボタンを押すと、すぐにつながった。

「こんばんは、杉田《すぎた》さま。いかがされましたか」

男性の声が聞こえてくる。杉田は涼香のいまの苗字で、この部屋はその名前で予約している。でも、まだなにも言ってないのになんで名前がわかるんだろう。一瞬面食らったが、以前来たときもそうだった、と思い出した。きっとフロントでは何番の部屋から電話がかかってきたかわかるようになっているんだろう。

「あの、すみません。フロントの横の棚でリーフレットを見たんですが……。手紙室の手紙ワークショップっていう……」

「手紙ワークショップですね。ご質問でしょうか」

電話の向こうの男性は、聞き取りやすい声でゆっくりと答える。こちらが高齢だと声でわかったのかもしれない。

「この手紙ワークショップというのは、ひとりでも受けられるんでしょうか」

「はい、可能です。定員が四人と決まっておりまして、それ以下でしたら何人でも。おひとりで受けられる方もたくさんいらっしゃいます」

「わたしでも受けられるでしょうか。その、もうだいぶ高齢なんですが……」

「ご高齢の方もよく受けていらっしゃいますよ。おひとりならご自分のペースで進められますし」

「むずかしくないですか?」

「そうですね、むずかしいところはないと思います。楽しんで手紙を書いていただくのが目的ですから。堅苦しい手紙の作法を教えるわけではなく、書きたいことを書けるようにご相談にのる形になっております」

書きたいことを書けるように？　そんなことができるのだろうか。手紙なんて最後に書いたのはいつだろう。学校に行っていたころも作文は苦手だった。漢字の書き取りや言葉の意味を覚えるのはけっこう好きで、国語はきらいじゃなかったけれど、作文だけは好きになれなかった。原稿用紙を見るたびに、書きたいことがなにも思いつかず、ため息ばかりが出た。

でもよくよく考えたら、わたしは上手な手紙を書きたいわけじゃない。だからまあ、そこはどうでも良いか、と思った。

「あと、講師の方はどんな方ですか」

「茆部といいまして、インクにとてもくわしい男性スタッフです。講師というより、インク選びをお手伝いしたり、お手紙の内容の相談にのったりする感じです。少々個性的なところはありますが、気さくで、話しやすいと思いますよ」

フロントの人は、楽しそうに言った。「少々個性的」というところでは、笑いをこらえているようにも思えた。とにかく、堅苦しい人ではないみたいだ。ちゃらちゃらしたおしゃべりの人だったら嫌だけど、このホテルならそんなことはないだろう。

「そうしたら、お願いしたいんだけど……。予約が必要なんですよね。混んでるのかしら」

「そうですね、かなり人気のワークショップなので、宿泊予約のときにいっしょに予約される方が多いです」

そんなに人気なら、いまから予約なんて無理か。考えが甘かった。

「ご希望はいつでしょうか。予約状況を見てみますので」

「明日なんです。明日の午前中。そこしかダメなんですが……」

森林ハイクは明日の午前中。二泊三日するけれど、それ以外の時間帯では意味がない。

「明日の午前中ですね。お待ちくださいませ」

フロントの人がそう言って、曲が流れた。無理だろうか。もし無理だったらどうしよう。なにかほかのワークショップを訊いてみようか。

「お待たせしました。明日の午前中、お取りできます」

しばらくして音楽が切れ、男の人が出てそう言った。

「ほんとですか、良かった」

「午後はすべて埋まってしまっているのですが、午前中の枠だけ空いていました。明日の午前中、十時から十一時半となりますが、そちらでよろしいでしょうか」

十時から十一時半。ちょうどいい。森林ハイクは九時半からと聞いていた。九時半にロビーに集合し、三十分ほど簡単なレクチャーを聞いてからハイキングスタート。それから二時間ハイキングして、十二時にロビーに戻ってくる。

「はい、大丈夫です。そうしたら、ひとりで予約をお願いします」

「承知しました。明日十時からですので、五分前までに手紙室の方にお越しください。お手伝いは必要でしょうか。もし必要でしたら、五分前にお部屋までお迎えにあがりますが」

「ありがとう。大丈夫です。ひとりでうかがえます」

わたしはそう答えた。

しばらくして、涼香と都和が部屋に戻ってきた。蔵書室から本を借りてきたらしい。

「けっこうたくさん本があって迷っちゃった」

都和は三冊の本を抱えている。蔵書室は四方の壁に天井まで届く高い本棚があるらしい。上の方までしっかり本がはいっていて、高いところの本を取るための梯子《はしご》も用意されている。しずかな部屋で、試し読みのためのソファもある。何人か、そこに座ってゆったり本をめくっている人もいた、と言っていた。

「あのね、涼香、明日のことなんだけど」

そう言いかけると、涼香がすぐに、大丈夫だよ、わたしも残るから、と言った。

「ううん、そうじゃなくて。実はね、わたし、明日の午前中、やりたいことがあるの」

そう言いながら、手紙室のリーフレットを差し出す。

「このワークショップを受けようと思うの」

「ええー、これ、手紙室のワークショップじゃん。蔵書室の隣にある部屋でしょ？」

都和が言った。

「そうみたいだね」

「さっき前を通りかかって、そのときちょうど人が出てくるところで、なかがちらっと見えたんだ。インクの棚がずらーっとならんでて、カッコよかった。ちょっとはいってみたかったな」

「そうなの。おばあちゃんもね、このインク棚の写真に惹《ひ》かれて……。ワークショップはいいから、見学だけでもしてみたいと思ったんだけど」

「でも、この部屋はワークショップの人専用で、完全予約制みたいだよ」

都和がリーフレットの隅を指差す。

「それにすごく人気がある、ってネットの口コミに書いてあったけど……」

涼香が思い出すように言った。

「うん、そうなの。でもね、さっきフロントに電話したら、明日の午前中ならワークショップを受けられるって言われて……」

「え、ほんとに？　おばあちゃん、電話したの？」

都和が目を丸くする。

「そうそう」

にこにこ笑いながら答えた。

「もう午後は全部埋まってるみたいなんだけど、午前中なら、って。早くしないと埋まっちゃうかも、と思って、もう予約しちゃったの」

「ええっ」

涼香が驚いて声をあげた。

「わたしの分だけだよ。高齢者で参加する人も多いらしくて、むずかしくもないって。どうしても受けてみたくなって」

「え、そうなの？　お母さんが受けたいんなら、別にかまわないけど……」

涼香が口ごもる。

「だからね、涼香はみんなと森林ハイクに行っておいで。手紙ワークショップは十時から十一時半なんだって。森林ハイクは九時半集合だったでしょう？　帰りはお昼。だから、ちょうどいいじゃない？　わたしはワークショップを受けてるからひとりぼっちにもならないし」

「ええー、いいんじゃない？　ワークショップ、良さそう。わたしも受けたいくらい」

都和がにっこり微笑む。

「ねえ、お母さん、これなら大丈夫だよ。おばあちゃんは自分のやりたいことやるんだから」

「そうか、そうだね。でも、ひとりでホテルの人とやりとりするの、大丈夫？　お母さん、ちょっと人見知りなところがあるし、無理してない？」

涼香が心配そうな顔になる。

「無理してないよ。フロントの人の説明だと、講師はちょっと面白い人みたいだし、堅苦しい内容じゃないみたいだから」

「大丈夫だよ、お母さん。それにおばあちゃんがやる気になってるんだよ。やりたいことをした方がいいって。そうだよね、おばあちゃん」

都和に訊かれ、大きくうなずいた。

「うん。だから、涼香は森林ハイクに行って。楽しみにしてたんでしょう？　行かないと。そうでないと、直行さんも晴翔も楽しめないよ。それで、終わったあとそれぞれどんなことがあったか話そうよ」

そう言うと、涼香は一瞬戸惑った表情になったが、しばらくして、そうだね、とうなずいた。

「おばあちゃんがやりたいならその方がいいね。わかった。いま森林ハイクを二名キャンセルしてきちゃったんだけど、それを一名に変えてもらうね」

涼香が電話を取ろうとすると、都和が止めた。

「どうせならフロントに行って、コースの相談もしてきたら？　おばあちゃんがいるからゆっくり歩いて二時間っていう話にしてたけど、わたしたちだけだったらもうちょっと遠くまで行けるんじゃない？」

「そうか、それもそうだね」

涼香の表情がぱっと輝く。

「じゃあ、それも相談してくる」

「うん。そしたら、わたしはお父さんにそのこと伝えとくよ」

都和が答えると、涼香は部屋を出ていった。


「おばあちゃん、ありがとね」

直行さんたちにメッセージを送ったあと、都和が突然そう言った。

「え、なんで？」

「お母さんが森林ハイクに行けるように工夫してくれたんでしょ？」

「うん、まあね。涼香、森林ハイク楽しみにしてたみたいだったから」

「そうなんだよね。だからさっきフロントにキャンセルに行くとき、わたしが残ろうか、って言ってみたんだ。けど、お母さんも頑固だからね。自分が残るって言い張って」

たしかに涼香はむかしから責任感が強く、言い出したらきかないところがあった。娘にもそう思われているのか、と思うとちょっとおかしかった。そういう都和も人一倍正義感が強いから、似たもの母娘《おやこ》ということなのかもしれない。

「わたしも行きたかったけど、あれだけ楽しみにしてたんだし、お母さんが行った方がいいと思ったんだよね。けど説得できなくて」

「そうか」

少し笑った。

「お母さんさ、ガイドブックすごいチェックしてたんだよね。熱心だね、って言ったら、大学時代にはよく調査に行ってたけど、就職してからは全然行けなかったから、って。不思議だよねえ。お父さんも、木なんてどれもそんなに変わらない気がするけど、って言ってたけど、お母さんには森がわたしたちとは全然ちがうふうに見えているのかもしれない」

都和も笑った。

「さっきは叱っちゃったけど、晴翔も悪気があったわけじゃないんだよね。お母さんに森林ハイクに行ってもらいたくて、あんなふうに言っただけで」

都和が申し訳なさそうに言う。

「そうだね、わたしもあとで気づいた。自分が行きたくない、ってことじゃなかったんだよね」

「まあね。晴翔が残ってもゲームしてるだけっていうのは事実だと思うけど」

「それはそうかもね」

ふたりでくすくす笑う。

「とにかく、おばあちゃんすごいよ。よく思いついたよね。それにこの手紙室って興味あるなあ。棚いっぱいのインク、見てみたいよ」

都和がリーフレットに目を近づける。

「それに、手紙ワークショップっていうのもいいよね。手紙なんて全然書かないけど、高校卒業するとき友だちから手書きの手紙をもらったんだよね。やっぱりメールやメッセージより手触りがあるっていうか、気持ちが伝わってくる気もしたし……」

「そうなの？　わたしが若いころはみんな手紙だったけどね。でももうずっと書いてないし、うまく書けるかわからないんだけど」

「手紙だもん。うまく書くのが目的じゃないでしょ。楽しんできてね」

都和がにまっと笑った。

しばらくして、涼香が部屋に戻ってきた。フロントに行ってハイキング担当の人と相談し、森林ハイクは少し長いコースに変更になったらしい。出発を少し早め、八時集合、八時半出発。三時間半歩いて、十二時にホテルに戻ってくる計画だった。

「朝が早くなっちゃうけど、いいかな？」

涼香が言った。

「わたしは別にいいよ。晴翔はぐだぐだ言うかもしれないけど」

都和が笑った。

「わたしも大丈夫だよ。みんなが出たあとゆっくり支度してから手紙室に行くから」

そう答えた。涼香の表情は生き生きしていて、これで良かったんだ、とほっとした。

6

翌朝は少し早起きだった。森林ハイクの集合時間が八時だから、それまでに朝食をすませ、身支度をしなければならない。よって全員六時半起き。七時にダイニングルームに行き、朝食をとる。都和が言っていた通り、晴翔は眠そうで、ぶつぶつ文句を言っていた。

朝食は本格的なイングリッシュブレックファーストだった。卵料理とハムとソーセージ、焼きトマト。パンはカリッとトーストされている。わたしはハムやソーセージは食べられそうにないから、パンと卵とトマトだけにしたけれど、みんな、おいしいおいしいと言って食べていた。

少しあわただしく朝食を終えて、いったん部屋に戻る。涼香も都和も身支度をして、荷物を持ってロビーへ。わたしもみんなを見送るためにロビーまで行った。

「おはようございます」

フロントの横には山歩き用の服を着た若い男女が立っていた。ふたりともホテルの名札をつけているから、この人たちが森林ハイクのガイドなんだろう。

「今日皆さんのガイドを務める早乙女由麻《さおとめゆま》です。どうぞよろしくお願いします」

女性の方が頭をさげる。

「上原旬平です。アシスタントとして同行させていただきます。よろしくお願いします」

続いて男性も頭をさげる。なんとなくその声に聞き覚えがあるような気がした。

早乙女さんによる地形や植物、鳥の説明がはじまり、みんなが聞き入っているのを見届けて、部屋に戻ることにした。

廊下を歩きながら、上原さんという人、昨日手紙室の予約をしたときに対応してくれた人かもしれない、と思った。聞き覚えがあると思ったのはそのせいだ。アシスタントと言っていたけど、フロントの業務もしているんだろうか。それとも似ているだけで勘違いかな。

部屋に戻ってみると、涼香たちがいないせいか、ぽかんと広かった。ひとりには慣れているからさびしくない。昨日から今日の朝までまわりでずっと涼香たちの声が響いていて、それを聞き取ることにずいぶん神経を使っていた。ようやくいつものペースに戻り、少しほっとした。

そうだ、お茶を淹《い》れよう。さっきダイニングルームの朝食では紅茶をゆっくり飲む時間が取れなかった。それに、前に来たときからずっと憧れていたのだ。ホテルの部屋でお茶を淹れ、窓辺でゆったりそれを飲むこと。家族旅行ではいつもばたばたと時間が過ぎ、そんな余裕は微塵《みじん》もなかったけれど、いまならそれができる。

アメニティの棚を見ると、茶葉のパックがいくつもならんでいる。銀河ホテルはイギリスの雰囲気を大事にしているから、コーヒーや緑茶も置いてあるが、紅茶とハーブティーの種類が豊富だった。しかもミルクティー用に冷蔵庫に牛乳がはいっていて、無料らしい。

冷蔵庫を開けると小さな紙パックの牛乳があった。ポーションのミルクじゃないところが素晴らしい。まさに至れり尽くせり。涼香も都和も紅茶好きだが、まだこのことには気づいていないだろう。帰ってきたら教えてあげなきゃ。

知らない名前の紅茶もたくさんあって少し悩んだけれど、ここはやっぱりイングリッシュブレックファーストかな。ティーポットにティーバッグを入れ、電気ケトルでお湯を沸かす。お湯が沸いたらすぐにポットに注いだ。

沸騰したお湯を注ぐところが緑茶とはちがうところだ。涼香がまだ学生のころ、紅茶には汲《く》みたてのお湯を沸かして、沸騰した状態で入れるんだよ、と言われて驚いた。緑茶の場合は、お湯をしばらく沸騰させ、湯冷ましに入れて冷ましてから急須に注ぐ。

わたしはそのタイミングがいつもよくわからず、じゅうぶん冷めないうちに注いでしまうからか、夫からはずっとお茶を淹れるのが下手だね、と言われていた。夫の実家のお茶は甘い。苦みをほとんど感じない。ものすごくおいしくて、最初に飲んだときは思わずおいしいと声が出た。

だが同じ茶葉を分けてもらっても、家で淹れるとそこまでおいしくない。苦かったり渋かったりで、うまくいった例《ためし》がない。お湯の温度がまずいのか、蒸らし時間に問題があるのか。

そんなわたしに、紅茶という飲み物は救いだった。とにかく沸騰させてすぐに淹れれば良い。涼香によると長く沸騰させるとお湯のなかの泡が消えてしまうから良くないらしい。きっとそういうところも緑茶とは逆なんだろうと思う。硬水と軟水のちがいなんだろうか。

そろそろいいかな。棚にあったカップを取り出し、ポットから紅茶を注いだ。ふわっと紅茶のいい香りが立ちのぼる。きれいな色だ。冷蔵庫から出した牛乳を少し入れ、カップを持って窓辺のソファに移動した。

ソファに腰かけ、紅茶を飲む。壁に朝の日差しがあたり、外の木の影を作っている。

だ。風が吹いて葉や枝の影が揺れるのをぼんやり見ていた。空も青く、今日はよく晴れそう

森林ハイク、もう少し若ければわたしもいっしょに行っただろう。むかし友だちと行った山の景色が頭をよぎる。山歩きとは不思議なもので、苦しかったことは全部忘れ、のぼり切った爽快感や途中のきれいな風景など、いい記憶だけが残っている。

亡くなった元山《もとやま》さんの笑顔がふっと浮かんだ。元山さんはいつもレモンの蜂蜜づけを持ってきてくれた。山の上でそれを水で割って飲むと疲れが吹き飛んだ。みんなどうしているんだろう。浜崎《はまざき》さんは二年くらい前に施設にはいったという知らせが来た。渡《わた》さんは遠方の息子さんのところに行ったはず。皆川《みなかわ》さんは入院していて、お嬢さんからもう長くないという話を聞いた。

ずっとだれとも会っていない。会わずにいれば、みんなあのころのままの姿を思い描くことができる。みんなが若くて、元気だったころの、楽しかった記憶。思い出すのは笑顔だけ。それでいいのかもしれないな、と思う。

揺れる日差しを見ていると、以前住んでいた家のことを思い出す。朝、夫や子どもたちが出かけていったあと、家でひとりベランダに出て洗濯物を干す。あの家のベランダは広かった。奥行きもあり、大勢でゆったりバーベキューができるほど。子どもたちが小さかったころは何度かバーベキューをした。虫刺されや片付けがたいへんで、だんだ

んしなくなってしまったけれど。

洗濯物を干したあと、ベランダの隅に座って、ひらひら風にはためくシーツをながめていると、なぜか満ち足りた気持ちになった。

人生って不思議だ。こうしてなにかきっかけがあると、むかしのことを思い出す。自分がそのころとなにも変わっていない気がしてくる。もちろんいろいろなことがあって、そのときどきに辛かったり悲しかったりもして、年もとって身体の自由も利かなくなって、変わったところはたくさんある。でも結局のところ進歩もしていないし、賢くなってもいないと思う。

ただ、日々が流れていくだけ。それにのって、流されてきただけ。あの家もなくなってしまったし、あとに残るものはなにもない。しんどいときもあって、自分ではすごくがんばってきたつもりなのに、いつのまにか頭のなかで濾過《ろか》されて、楽しかった記憶だけが残る。

考えごとをしているうちに、いつのまにか手紙室に行く時間になっていた。立ちあがるのが惜しい。ほんとはここでこうしてゆったりしているだけでじゅうぶんだったのかもしれない。年寄りだから、楽しいことはもう全部自分のなかにある。

でもせっかく予約したんだ。それに、あのインク棚。実際にあれを見たら、きっといい思い出になる。そう思って立ちあがった。晩年の夫がよく「冥土の土産」と言っていたなあ、と思い出し、身支度をして部屋を出た。

　エレベーターで一階に降り、手紙室に向かった。

　正直、手紙なんて書けない気がした。字はわりときれいな方で、若いころからよく褒められた。だが、内容が思いつかない。夫や両親、亡くなった元山さん。それから、いまはもう会えない山の仲間たち。いろいろな人の顔が浮かんだが、言葉にして伝えたいこと、と考えるとなにも出てこない。

　まあ、いい。インクの棚を見られればいいんだから。学校じゃあるまいし、手紙がうまく書けなくても叱られたりするわけじゃないだろう。

　おそるおそる手紙室の前まで行った。扉は開いていて、なかの棚が見えた。

「すごい」

　思わず声が出た。そこにはいろいろな形のガラスの小瓶がならんでいた。

「ようこそお越しくださいました」

　やわらかい声が聞こえ、見ると背が高く、彫りの深い整った顔の男の人がいた。きっとイケメンってこういう人のことを言うんだろう。でも、そこまで若くない。四十代くらいだろうか。だから、なんだっけ、イケオジ、だったかな?

「手紙室の苅部といいます。今日は原田さまがお手紙を書くお手伝いをしていきますね」

よく響く素敵な声だった。しかもはっきりゆっくり話してくれる。ドキュメンタリー番組のナレーターみたいだと思った。

「よろしくお願いします」

気後れしながらそう答えると、苅部さんがにっこり微笑んだ。瞳の色があかるく澄んでいて、吸いこまれそうだ。

「すごくたくさんあるんですね。これ、全部別の色なんですか」

「ええ。すべて別の色です。千色あるんですよ」

「せ、千色……？」

たくさんあるなとは思っていたが、そこまでたくさんだとは思わなかった。

「そう、千色です」

ぼうっと棚を見まわす。瓶のなかにはいっているインク自体は濃く暗い色なので、どんな色なのかよくわからない。でも、棚に貼られた説明書きに色のサンプルとして文字や線が描かれていて、それを見るとそれぞれがちがう色だとよくわかった。

赤や黄色、紫、茶色、緑。絵の具と同じようにさまざまな色があった。

「こんなにいろいろな色があるんですね。それにひとつずつに名前がついてて……」

とりとめのない感想を口にする。苅部さんはそうですね、とうなずいた。

「瓶の形もいろいろなんですね」

「はい。カラーインクを作っている会社は、海外にも日本にもたくさんありまして、会社によって瓶の形がちがうんです」

瓶の形自体がうつくしく、これを集めるだけで楽しいだろうなあ、と思った。

「世界じゅうの色が集まっているみたいですね」

わたしがそう言うと、苅部さんはにこっと微笑んだ。

「たしかにたくさんありますけど、『世界じゅう』ではないかもしれません。ここにあるインクはいま販売されているもののほんの一部ですから。新色もしょっちゅう出ますしね」

「そうなんですか?」

驚いて苅部さんを見返す。

「ええ。それに絵の具もインクも色はたくさんあるけれど、自然の色にはかなわないでしょう。世界にはもっともっとたくさんの色があります」

「たしかにそうですね」

なるほど、その通りだ、と思う。自然の色は無限にある。無限という言葉が正しいかはわからないけれど。

そして、この人、自分からどんどん説明したりはしないんだな、と思った。どこに行っても、専門家と言われる人はたいてい質問されるといきなり長い解説をはじめる。説明を呑みこめないうちに次の説明がはじまって、話が面白いからつい聞いてしまうけれど、あとで考えるとなにも思い出せない、ということも多かった。

でもこの人は、インクにくわしいみたいだけど、自分からはあまり説明しない。わたしが訊いたことにだけ答えてくれる。

昨日の電話でフロントの人が茹部さんを「少々個性的」と言っていたのを思い出した。個性的というのはこういうところのことなんだろうか。

「原田さんは、色に興味がおありなんですね」

突然そう訊かれ、はっとした。

「え、ええ、そうですね」

「手紙を書くというより、インクに興味があるように見えます」

図星であった。

「あ、あの、すみません。手紙はあまり書いたことがなくて、実はだれに書くのかも決まってないんです。ただインクの棚を見たくて……」

なぜか素直にそう答えてしまった。

「そういう方も大歓迎ですよ。ただ、瓶にはいったインクを見ているだけより、実際に書いてみた方がそのうつくしさがわかると思います。文章を書こうと思わなくていいんです。少し使ってみませんか」

莇部さんに言われ、うなずいた。このインクを使って書く……。そう考えただけで胸が躍った。

「でも、たくさんあって、どれにしたらいいのか……」

棚を見まわす。ここから一色を選ぶなんてできそうにない。

「何色でも試せますから。色に興味があるなら、何色と決めずにいろいろな系統の色を試してみましょうか」

莇部さんがにっこり微笑む。

「運命の出会いがあるかもしれませんからね」

そう言って、棚から小瓶のセットを取り出し、机にならべた。瓶は十二本あった。

「こんなに?」

「はい、これは手紙室特製の十二本セットなんです。インクの瓶をひとつ買っても、量が多くて持て余してしまう人も多いですから。それで、基本的な色を十二色選んで、小瓶に入れたんです。まずはこちらを使ってみて、もっとこんな色がほしい、ということなら、別の色もご紹介します」

莇部さんは小瓶のインクを少しずつ小さなカップに取り分ける。液体の状態ではよくわからないが、たしかに赤っぽい色、青っぽい色など、いろいろな系統の色があるようだった。

そしてその横に、つけペンと水のはいったビーカーを置いた。一色使ったらペン先をビーカーの水で洗ってから別のインクを使うということらしい。

「これが赤系。『夜焚《よだき》』という名前のインクです。かがり火を思わせるような、深い朱色です」

苅部さんがそう言って、そのインクで線を引いた。

「きれい」

思わず声が出た。インクは液体だ。引いてすぐのときは線は水分で光っている。それがすうっと紙に馴染む。生まれてこのかた万年筆も使ったことがないし、こういうインクで文字を書いたこともない。間近で見るのははじめてだった。

「まずは自由に試してみてください」

苅部さんに言われ、ペンを手に取った。どの色にしようか。少し迷ったけれど、黄色のインクにペン先をつけた。ちょっとどきどきした。紙の上に運び、ペン先を置く。力を入れなくても、すべらせるだけでペン先からインクが染み出す。わあ、と思いながら、軽く線を引いた。書き出しのところに少しインクが溜まって、きらきら光り、すうっと紙に染みこんだ。

すごい、不思議な感触だ。ペン先という小さな点と紙が接触し、インクが染み出す。

ただそれだけのほんとに小さなことなのに、すごく心地よい。ペン先を洗って別の色のインクにつけた。

今度は青。線を引くだけでなく、丸く塗りつぶしてみる。なかにインクが溜まり、水溜まりみたいになる。緑、紫、茶色と次々にインクを試した。丸や四角や星の形に塗りつぶしたり、渦巻きや波の形にしたり。それ自体が楽しかった。

莉部さんはインクの棚の前に立ってなにかしている。しばらくは自由に描いていてもよさそうだと思い、好き勝手にペンを走らせた。しだいに形が複雑になり、花や動物、木の葉の形になっていく。むかしはよくこんなふうに子どもといっしょに絵を描いたな、と思い出した。

情操教育になると思って、子どもたちはふたりとも絵画教室に通わせた。その教室には大人のクラスもあって、子どもたちの送り迎えに行ったとき、絵を描いている大人を見かけた。油彩の人がほとんどだったが、なかには水彩で描いている人もいて、なんだかうらやましかった。

わたしも子どものころは絵を描くのが好きだった。先生から褒められたこともあったし、友だちにもうまいね、と言われていた。だが、もちろん自分が絵描きになれるなんて思ったことはなかった。当時は女性が大学に行くこともめずらしかったし、芸術家になる人なんてほとんどいなかった。絵を勉強できるのは親が金持ちで芸術に理解がある場合だけ。

いまなら美大に行く女性はめずらしくない。都和の高校の友だちで美大に進んだ人もいるらしい。それに芸術家じゃなくて、マンガ家やイラストレーターやデザイナーという道もある。趣味で絵を描くことだってできる。わたしたちのころとは全然ちがう。

高校を卒業してからは絵を描く機会なんてなかった。次に絵を描いたのは子どもが生まれてから。いっしょに遊ぶ年頃になり、久しぶりに絵を描いた。それがとても楽しくて、夢中になった。子どもの服やバッグを作ったりするのも楽しくてならなかった。布を選び、ちょっとした刺繍《ししゅう》をする。その作業をしているときは時間を忘れた。

子どもを絵画教室に通わせたのも、ほんとは絵を描く楽しさを教えたかったからかもしれない。教室で絵を描いている大人を見るたびに、わたしも習ってみたいなあ、と思った。だがわたしの月謝まで払う余裕はなかったし、時間もない。自分が習ったところで、お金を稼げるところまでいけるわけじゃない。それは単なる贅沢だと思った。

結局、子どもたちは成長するとそれぞれ別のものに興味を持つようになり、絵画教室は辞めた。服やバッグも買ったものを身につけるようになり、わたしは洋裁も手芸もやめたのだ。

「素敵な絵ですね」

声がしてはっとした。苅部さんが横に立っていて、わたしの描いたものを見おろしていた。

「あ、すみません、つい……」

隠したいが、隠すというのも逆に恥ずかしく、ただそう答えた。

「かまいませんよ。ここは手紙のワークショップですが、手紙の書き方は人それぞれです。手紙は文字で言葉を書くことだと思う人が多いですが、別に絵で描いたっていいんですから」

その言葉にはっとした。絵で描いてもいい。そうかもしれない。絵手紙というのが流行ったこともあったし、絵と文字を交ぜたっていいのかもしれない。

「この絵、ほんとに素敵ですね」

苅部さんが言った。

「いえ、ちゃんと習ったこともないですし……」

久しぶりに描いたのもあるし、年のせいか線が揺れている。

「そうですか？　でも味わいがあるというんでしょうか。動物たちの表情も豊かで、躍動感がある。このネズミなんていまにも踊り出しそうです。見ていると楽しくなってきます」

「ネズミは……描き慣れてるんです。子どもたちが小さいころによく描いたので」

忠洋にも涼香にもそれぞれ好きな動物がいた。忠洋は犬。ゴンタに似た黒い犬だ。涼香はネズミ。だから、忠洋の持ち物には必ず犬、涼香のにはネズミの刺繡かアップリケを入れた。

わたしのオリジナルの絵柄でほかにはなかったから、忠洋も涼香も学校の友だちからめずらしがられたみたいだ。人気のキャラクターじゃなくてごめんね、と謝ったけれど、忠洋も涼香もきょとんとして、自分だけのキャラクターだから、自分はこれが好きだよ、と言っていた。

「これもいいですね。動物のまわりに木の葉や実が落ちていて、とてもきれいです」

インクの色に誘われるように、緑や赤で植物を描いた。

「ありがとうございます。描いていてとっても楽しかったです。このインクって混ぜられないんですか？　これより濃い緑や薄い緑もほしくて」

「絵の具だったら混ぜられるんですけどね、インクは混ぜられないものがほとんどなんです。配合されている化学物質が変化してしまうこともあるので。でも、微妙にちがう色がほしければ、別のインクをご用意しますよ。たとえばこんな感じの……」

苅部さんが持っているカゴのなかには、緑のインクがいろいろはいっていた。

「こんなに？　すごい……」

「カラーインクで絵を描く人もたくさんいますから。それに、いまはすべて線画で描かれてますが、インクをにじませることもできるんですよ。あらかじめ紙に水を含ませて、そこにインクで線を引く方法もあります」

「水彩画の方法と似てますね」

「そうですね。インクはにじんだときに色が分離するので、その面白さもあります」

苅部さんは引き出しから綿棒を取り出した。青のインクで線を描く。塗りつぶさず、水をつけた綿棒でその線をなぞると、インクがふわっと溶け出した。色が生き物のように広がり、青やピンクや紫の部分があらわれた。これが分離するということか。

「このインクのなかにこれだけの色素がはいってるってことなんですよ」

「面白いですね」

にじみ方をコントロールするのはむずかしそうだが、ちょっと挑戦してみたくなる。

「そうしたら原田さん、本番も絵で手紙を描いてみてはどうですか」

苅部さんがにこにこと提案してくる。

「絵で……？」

少し戸惑った。

「でも、絵の手紙なんて、だれに出せば……」

「そうですね、このワークショップでは発送しない手紙を書いてもいいんです。自分宛に書く方もいらっしゃいますよ。過去の自分や、未来の自分とか……」

亡くなった人でもいいと聞いていたのを思い出した。夫？　元山さん？　両親？　いろいろな人の顔が頭に浮かぶ。実際に渡すのは恥ずかしいけれど、涼香や忠洋に描いたっていい。直行さん、都和、晴翔に今回のお礼を言いたい気もする。

「手紙は持ち帰ることもできますし、数年後に取りにくることも、だれかに送ることもできます。それに、何通書いてもいいですよ」

何通書いてもいい。長い手紙じゃなくてもいいのか。手紙ワークショップという言葉から、長くしっかりした一通の手紙を書くものだと思いこんでいた。

「いろんな人にひとことずつの短い手紙を書くのでもいいんですか？　絵を添えたりして」

「ええ、もちろん。これまでそういう方はあまりいませんでしたが、一通だけという決まりがあるわけじゃありませんから。でもそれなら便箋ではなくカードの方がいいですよね」

「そうですね、その方が良さそうです」

便箋となるとたくさんの空間を埋めなければならない。それはちょっと重荷だった。

みんなにひとことずつ。山の仲間や、涼香たち。それに、施設の松野さんや志賀さんにも書こう。松野さんたちの分は持って帰ってお土産にして、涼香たちにはここで渡そう。

そんなに重い手紙じゃなくて、ほんのひとこと書くだけ。

涼香のはむかしと同じネズミの絵にしよう。直行さんや都和たちも、同じネズミにしようか。ネズミの一家。それぞれ大きさや表情を変えて……。松野さんや志賀さん、山の仲間には花がいいかな。

「すみません、いまの時季だと、軽井沢ではどんな花が咲いてますか？」

「そうですね、わかりやすいところだとユリやキキョウあたりでしょうか」

苅部さんが言った。そういえば、以前来たとき、ユリやキキョウが咲いているのを見た。ユリはむずかしそうだが、キキョウなら描ける。以前住んでいた家の庭にキキョウがあって、子どもたちが小さいころ、何度か絵に描いたこともあった。

じゃあ、花はキキョウにしよう。青紫が必要だ。ネズミもみんなちがう色がいい。クリーム色やグレーに茶色。立ちあがり、インクの棚を見にいった。ラベルを見ながら、理想に近い色を探す。どれも素敵で、どれも試してみたくなる。何色か候補を選び、実際に描いて色を決めた。

色とりどりのインクを机にならべ、下書きの紙に絵を描く。ネズミたちの表情はできるだけ涼香たちに似せてみた。何度か試し書きをするうちになんとなくそれっぽいものが描けるようになり、本番用のカードに描きはじめた。

松野さんたちも花だけだとぱっとしないので、動物を添えることにした。松野さんはネコ。むかしトラ猫を飼っていたと言っていたから。志賀さんは白いふわふわのうさぎ。

ピンクのリボンを結んでみた。

そして、その横に文字を入れた。涼香たちには「いっしょに旅行できてうれしかった。ありがとう」と書き、松野さんには「いつも親切にしてくれてありがとう」と書いた。

志賀さんになんて書こう、と思ったとき、前に松野さんから志賀さんの淹れてくれたお茶がすごくおいしかった、という話を聞いたのを思い出した。まろやかで、苦くも渋くもない。松野さんはすごく驚いていたけど、わたしはむかしそういうお茶を飲んだことがあった。夫の実家で。

義母は、お湯をよく沸かして、冷ましてから淹れる、ただそれだけよ、と言っていたが、その通りにしても同じ味にはならなかった。なぜなのかわからないまま、義母は寝たきりになり、お茶を淹れることもできなくなり、やがて亡くなった。

わからないままで終わるのは心残りだな、と思う。もうお茶を淹れる相手もいないけど、志賀さんに訊けばその秘密がわかるかもしれない。それで「今度お茶の淹れ方を教えてください」と書いてみた。

そこで時間切れになった。

「これは素敵だ。絵本みたいです」

わたしの描いたカードを見て、苅部さんが目を丸くした。

「ほんとにいいですねえ。額に入れて飾りたいですよ」

しげしげと絵をながめ、そう言った。お世辞もあるのだろうと思いつつ、なんだかうれしくて、ありがとうございます、と小さな声で答えた。

「このカードは全部持ち帰りたいんです。いっしょに旅行に来た孫たちと、お友だちへのお土産にしたいので」

お友だち。松野さんと志賀さんをそう呼んでいいのかわからない。通りがいいようにそう言っただけだったが、口にしてみるとなんだか心がほっこりあたたかくなった。

「もちろん大丈夫ですよ。こんなに素敵なカードですから、ご家族もお友だちも、受け取ったらすごく喜ばれると思います」

苅部さんが微笑む。

友だち……。

友だちって、いまからでも作れるのかな。

もうみんな年だし、どこか悪くなったら、病院やもっと重い介護のついた施設に行ってしまうかもしれない。そのあとは連絡が取れなくなってしまって、知らないうちに亡くなってしまうこともあるかもしれない。知らずしらず、深い付き合いになることを恐れていた。

別れは悲しい。これからは別れていくばかりなのだから、もうあたらしい人と知り合わなくていい。そう思っていた。でも……。

両親や子どものころの友だち、夫、義理の両親、子どもたち、山の仲間。それから孫たちの顔が頭に浮かび、ずっと楽しかったなあ、と思う。山歩きと同じ。嫌なことも苦しいこともあったけれど、濾過されて、きれいなものや楽しかったことだけが頭に残っている。

結局人生なんて短いものだ。これまでに出会った人とも別れていかなければならない。それならこれからだって、別れを恐れず、生きているかぎりいろんなことと出会っていこう。それがあたりまえだし、それでいいんだと思った。

「ありがとうございました。いろいろなインクを使わせていただいて、絵を描く楽しさを思い出しました。絵を描くのは久しぶりだったんです。子どもが小さいころはいっしょに描いたりしていたんですけど、子どもが成長してしまうとなかなか……」

なぜか言葉がぽろぽろとこぼれ出した。

「若いころ、絵を習ってみたいと思ったこともあったんですが、習ったって絵描きになれるわけじゃなし、贅沢だと思ってあきらめました。でも、こうして描いてみると、別に楽しみのためだけに絵を描いてもいいのかな、という気になりました。もう育児もなにもかも終わって、時間もたっぷりあるわけですから」

「お金になることにしか意味がないというわけじゃないですよね。日記や手紙を書くのと同じように、絵を描いたっていいと思います。そういうものにだけ宿るうつくしさもあります。身近なだれかを思って描いた、この絵のように」

苅部さんが微笑んだ。

——なんで俺はラクダなんだ？

なぜか耳の奥に夫の声が響いた。

そうだった。忠洋は犬、涼香はネズミ。子どもが小さかったころ、うちでは持ち物にそれぞれマークをつけていた。ほんとうは親のものにつける必要はなかったのだけれど、子どもたちにお父さんとお母さんのにもマークをつけて、と言われたのだ。

夫はラクダ、そしてわたしは鳥だった。子どものころに実家で飼っていた黄色いカナリア。親戚のだれかからもらったのだ。いつもいい声で鳴いていて、わたしはよくそばでそれを聞いていた。

そういえば、このカーディガンの色、あのカナリアの色によく似ている。

夫がラクダなのは、前にテレビを見ていたとき、ラクダに乗って砂漠を旅したい、と言っていたから。夫は自分がそう言ったのをすっかり忘れてしまっていたみたいで、自分がラクダなのを不思議がっていたけれど、まんざらでもないみたいだった。

——ラクダっていうのは案外いいね。我慢強い動物だし、形が変わっているのがいい。

それにロマンがある。むかしから砂漠には憧れがあったから。

夫はそう笑っていた。結局九十九里《くじゅうくり》浜や鳥取砂丘に行ったくらいで、生涯砂漠に行くことはなかったけれど。

　やっぱり夫にも手紙を描くべきだったな。なんだかちょっと後悔した。

「あの、すみません、このインクとペンとカードを買うことはできますか？　もう一枚描きたいカードがあって……」

　思い切ってそう訊いた。

「はい、販売もしていますよ。インクはすべての色がそろっているわけじゃないんですが、在庫がない色も、取り寄せてあとでご自宅にお送りすることもできます。でも……」

　苅部さんが時計を見る。

「描きたい手紙があるなら、もう少し延長できますよ。次のワークショップがはじまるまであと三十分あります。ですから、二十分くらい延長しても大丈夫です」

「でも、そうしたら、苅部さんがお昼を食べる時間がなくなってしまうんじゃ……」

「大丈夫です。ただ、原田さんが絵を描いているあいだに、ちょっとサンドイッチを取りに行ってもいいでしょうか。それと、ひとつお願いがありまして……」

「ええ、お食事はもちろん……。お願いというのはなんでしょう？」

「絵を描いてほしいんです。そうですね、わたしのイメージでなにか動物を。この部屋に飾りたいので」

　苅部さんにそう言われ、驚きでなんと答えたらいいかわからなかった。

「わかりました。がんばってみます。すぐに描けるかわからないので、そちらは後日でも良いでしょうか」

「はい、もちろん」

苅部さんが微笑む。こんなイケメンさん、どんな動物がいいんだろう？　やっぱりカッコいい動物だよね。ヒョウとかチーターみたいな……？

でもまずは夫へのカードだ。こちらはもう描くものはラクダと決まっている。色はそう……さっき使ったあの色がいい。

「すみません、こちらのインクをもう少しいただいてもいいですか」

さっき使ったあかるい茶色のインクを指し、苅部さんに言った。ラクダはこの色がいい。あかるくて、深みのある色。ラクダのような、砂漠のような色。

「ええ、こちらですね。いい色ですよね。『Joy Sepia』というんです。『喜びのセピア色』という意味ですね」

喜びのセピア色。セピアといえば思い出の色。喜びの思い出。

いまの気持ちにぴったりだ。

苅部さんは、サンドイッチを受け取りに外に出ていき、わたしはひとりになった。インクにペン先をつけ、絵を描きはじめる。ラクダの絵。もう何十年も描いていない。描けるかどうか心配だったけれど、むかし何度も何度も描いた絵だ。手が覚えていた。

長い首。背中のふたつのコブ。少しごわごわした感じの毛。そしてなんといっても、ラクダの絵のポイントは目だ。ふさふさの睫《まつげ》と、遠くを見るような大きな瞳。

ラクダに乗って砂漠を旅したい。夫はなんであんなことを言ったんだろう。海外旅行なんてそんなにしたことがなかったくせに。しかも、木も草も町も道もない砂漠だなんて。なにに憧れていたんだろうなあ。ちゃんと訊いたことがなかった。結局わからないまま死んでしまった。人生、そんなことばっかりだ。いろんなことがわからないまま。

ラクダの絵を描き終わり、言葉はどうしようかな、と思った。砂漠のことも訊きたかったたし、わからないまま終わったことはたくさんある。でも、全部思い出せない。どうしようかな。絵を描くのに時間がかかってしまったから、もうあまり時間もない。

また会いましょうね。

今度会ったら、砂漠の話をしてくださいね。

結局、それだけ書いた。書き終わったらなぜか鼻の奥がつんとなって、涙があふれてきた。

そうだ、夫の目はラクダの目に似てた。亡くなる前日もどこか遠くを見ていて、次の日しずかに旅立っていった。砂漠より広く、しずかな場所に。

わたしはさっき使ったあかるい黄色のインクを使って、ラクダの上に小鳥を描いた。むかしわたしのマークだった小鳥の絵を。

描き終わって涙を拭いたとき、苅部さんが外から戻ってきた。カードに合う大きさの封筒を受け取り、カードを入れて封をした。

「この手紙だけ、預かってほしいんです」

そう言って、苅部さんに渡す。

「わかりました。大事に保管しますね」

苅部さんは手紙を受け取り、うなずいた。

7

手紙は手紙室の奥の保管室にしまわれた。

苅部さんのあとについて保管室にはいると、細長い部屋の両側の壁に天井までの棚がそびえ、そこに無数のフォルダが挿さっていた。年ごと、月ごとに整理された棚で、夫への手紙もフォルダにはさまれ、そのいちばん手前におさめられた。

二十分延長した分の支払いはどうしたらいいか訊くと、追加料金は不要です、代わりにさっきお話しした絵をお願いします、と言われた。ホテルに滞在中が無理なら、あとで送ってもらうのでもかまいませんから、と。

それで、インクとペンを買った。手紙室特製の十二色の小瓶セットと『Joy Sepia』。それからさっき小鳥を描くのに使った『Sunshine Yellow』という黄色。苅部さんの絵を描くためだけじゃない。これさえあれば施設に戻ってからも絵を描ける。それがなんだかとても素敵なことに思えた。

苅部さんにお礼を言って、手紙室を出る。もう十二時が近い。しばらくすれば涼香たちも帰ってくるだろう。部屋に戻ってもいいが、ここで待っていたい気持ちになって、ラウンジのソファに深く腰かけた。

ロビーのなかを見まわしていると、最初にここを訪れたときのことが頭によみがえってくる。

――うわー、素敵。

――なかなかすごい建物だな。戦前に建てられた洋館らしい。

――洋館、って横浜や神戸にあるような?

夫や涼香、忠洋たちの声が聞こえたような気がした。

――部屋も素敵なんだろうなあ。いつか泊まってみたい。

――そうだなあ、ちょっと高そうだけど、いつか泊まってみたいね。

夫が苦笑いする。

——泊まるのは無理だけど、せっかく来たんだし、あそこでお茶だけでもしていこうか。ケーキもあるみたいだよ。

夫がダイニングルームの方を指す。「ティータイム」という表示が出ていた。

——ほんと？

涼香の顔がぱっと輝いた。あのときはわたしも胸が高鳴った。

みんな、ずっとむかしのこと。でも、むかしもいまも関係ない。わたしの胸のなかでは、いまもあのときの喜びが生き生きと息づいている。

ここに来て良かった。いろんなことを思い出すことができたし、絵を描く楽しさも思い出した。そしてこれからの楽しみも手に入れた。膝の上に置いたインクとペンがはいった袋をじっと見つめる。

約束したんだし、施設に帰ったらさっそく苅部さんの絵を描かないと。どんな動物がいいんだろう？　さっきはヒョウやチーターを思い描いたが、なんだかちょっとちがう気がする。あのあかるい色の目を思い出し、なんだかあの人は奥に秘密を抱えているような気もしてきた。

わたしの心がわかっているみたいだった。絵を描くことを勧めてくれたのも苅部さんだったし、夫の絵を描くときに部屋を出たのもひとりにしてくれたということなのかもしれない。不思議な人だ。昨日の電話で言われた「少々個性的」というのはそういうことだったのかもしれないな、と思った。

「おばあちゃん」

　遠くから都和の声がした。

　見ると、玄関から涼香たちが帰ってきたところだった。ガイドの上原さんといっしょだ。涼香は満足そうな顔で、上原さんと話しこんでいる。案の定、晴翔は疲れた、たいへんだった、とぼやき、直行さんになだめられていた。

「森林ハイク、楽しかった？」

　涼香は楽しんだんだろうけど、子どもたちがどう思ったのか気になって、都和に訊いた。

「面白かったよ。ちょっと遠くまで行って、いろんなものを見た。野鳥もたくさん見えたんだよ。写真もたくさん撮ってきた」

　都和が即座に答えた。声がはずんでいる。

「けっこうたいへんだったけどな。アップダウンはほとんどないって言ってたのに、嘘じゃん。インドア派の俺にはきびしかった……」

　晴翔が情けない顔になる。

「お前はちょっと大袈裟《おおげさ》に言いすぎ」

直行さんが笑う。

「そうだよ、晴翔はそれくらい運動した方がいいって」

都和も笑った。

「ほんとに楽しかったです。早乙女さんも上原さんもこのあたりのことにすごくわしいんですね。めずらしい植物のことも教えてくださって、ありがとうございました」

早乙女さんと上原さんに向かって、涼香が頭をさげる。

「喜んでいただけてよかったです。そういえば、手紙室はいかがでしたか?」

上原さんがわたしの方を見た。

「あ、もしかして、昨日電話で手紙室の予約の対応をしてくれたのは上原さんですか。声が似てると思ってました」

「はい。実は僕はまだ見習いで、いろいろな部署をまわっているところです。ホテルで働きはじめたのはこの六月からなんです」

「上原は軽井沢育ちなんです。生まれも育ちも軽井沢で。だから、このあたりの自然のことにもくわしいんです。ガイドのわたしも知らないことを知っていたりして、すごく助かってます」

横から早乙女さんがそう補った。

「そうなんですね。手紙室の予約、ありがとうございました。とても楽しかったです。

苅部さんもすごくいい方で……。上原さんが『個性的』っておっしゃってた意味も、少しわかりました」

わたしは答えた。

「個性的……。たしかにそうですね」

早乙女さんがくすくす笑った。

「すごく洞察力がある方なんですね。最初は手紙なんて書けるのか心配だったんですが、苅部さんのおかげで、ちゃんと書けました」

「そうでしたか。それは良かったです」

上原さんが笑顔になる。

都和が言った。

「おばあちゃん、手紙書けたんだ。よかったね」

「うん。でも文章だけじゃなくて、絵手紙っていうか……」

「絵手紙？」

都和が首をかしげる。そのとき、苅部さんに頼まれたことを思い出した。

「すみません、つかぬことをうかがいますが……。苅部さんって、動物にたとえるとなんだと思いますか」

早乙女さんと上原さんの方を見る。

「苅部を動物に……？　え、なんだろう？　背が高いし見た目が派手だし、キリン、とか……？　ちょっとちがうか。上原さんはどう思う？」

早乙女さんが上原さんを見る。

「むずかしいですねえ。でも、キリンはちょっとちがうんじゃないですか？　もっとこう……謎めいた感じの……」

上原さんが言った。

「わかる。謎めいた感じ、あるよね。賢くて、深く考えている感じの動物が良さそう。なんだろう、クジラ？　それもちがうよなあ。海の生き物じゃなくて……」

早乙女さんがうーんとうなる。

「フクロウ、じゃないですか？」

上原さんが思いついたように言った。

「フクロウ！　そうだね、それが近いかも」

早乙女さんが納得したような顔になった。

たしかに。フクロウというのは少しわかる気がする。古来、知恵の象徴とされることもあると聞いたことがある。そして、謎めいている。

「わかりました。フクロウですね」

フクロウなら何度も描いたことがあるからきっと描ける。でも、ありきたりのフクロウじゃダメだ。あの不思議な雰囲気を表現しないと。やりがいがありそうだ。

「でも、どうして……」

「いえ、ちょっと苅部さんに頼まれたことがありまして。説明すると長いんですが」

「わかりました。あとで苅部に訊いてみます」

早乙女さんがにっこり笑った。


早乙女さんたちと別れ、ダイニングルームでランチをとることになった。みんなだいぶ汗をかいたみたいで、いったん部屋に戻ってシャワーを浴びて着替えると言う。ダイニングルームも混む時間で列ができている。わたしは着替える必要がないので、その列にならんで待つことにした。

列の先頭になったとき、直行さんと晴翔が戻ってきた。名前を呼ばれ、三人で席につく。メニューを見ながら考えていると、涼香たちもやってきた。みんな歩いたあとでお腹が空いているのだろう、晴翔や直行さんはごはんを大盛りにすると言っていた。歩いたわけでもないのに、頭を使ったせいか、わたしもかなりお腹が空いていた。ごはんを小盛りにしてもらって、カレーライスを頼んでみることにした。

注文が終わったところで、みんなにカードを渡そうと思った。

「ごはんの前に、みんなにちょっと渡しておきたいものがあって」

そう言って、みんなへのカードがはいった紙袋をテーブルに置く。

「なにそれ？」

都和が訊いてくる。

「皆さんへのお手紙です」

わたしはそう言って、一枚ずつ封筒を取り出した。表に書かれた宛名を見ながら、ひとりひとりに手渡していく。不思議そうに封を切り、カードを取り出した晴翔が、うわっと声をあげた。

「なにこれ。めちゃうまい」

その声を聞いて、直行さんも都和も不思議そうにカードを取り出す。

「え、すごい。これ、まさかおばあちゃんが描いたの？　絵手紙ってそういうこと？」

都和が目を丸くしている。

「うまいですねえ。ネズミですか、かわいいですね」

直行さんが言った。

「うわあ、なつかしい。これ、わたしたちが子どものころに描いてくれてた……」

涼香は息をのみ、涙ぐんだ。

「おばあちゃんはね、絵がすごく上手だったのよ。手芸もね。それで、家族の持ち物にはそれぞれの動物を刺繍したりしてくれて……。わたしはネズミで、兄さんは犬。お父さんはラクダ、お母さんは小鳥……」

涼香は目尻の涙をぬぐいながらそう言った。

「わたしのもネズミだったよ。もしかして、うちは全員ネズミってこと？」

都和がそう言い、みんなで絵を見せ合う。

「すげえ。みんなちょっとずつ顔がちがうじゃん。しかもなんとなく本人に似てるし」

晴翔が笑った。

「ほんとだ。これはすごいですね。表情も動きもあって、絵本みたいだ」

直行さんが言う。

「あ、もしかして、さっきの手紙室の人を動物にたとえると、って、この話？」

都和に訊かれ、うなずいた。

「そうなの。手紙室の人に、自分の絵を描いてください、って頼まれて。インクとペンも買ったんだ。向こうに戻ってからも絵を描こうと思って」

「へええ。こんなに描けるんだもん。絵を描くの、すごくいいと思う」

都和がそう言ったとき、頼んでいた料理が運ばれてきた。みんなカードを封筒にしまい、片付ける。料理のいい匂いが漂って、みんな黙々と食べはじめた。カレーもとてもおいしくて、全部食べることができた。

「今日の午後なんだけど……」

一息ついたとき、涼香が言った。

「旧軽井沢に行くことになってたでしょう？　その前にちょっと寄りたいところがあって」

「え、どこ？」

「旧軽井沢から近い場所なんだよ、わたしたちが子どものころ、毎年おじいちゃんの会社の保養施設に泊まっててね。施設はもうなくなっちゃったんだけど、そのあたりをちょっと見てみたいな、と思って」

涼香の言葉にはっとした。

「ネズミの絵を見てたら思い出しちゃった。お母さんも行きたいでしょ？」

涼香に訊かれ、うなずいた。

「いいよ。お前たちもいいよな」

直行さんが都和と晴翔に訊くと、ふたりとも笑ってうなずいた。

「車で行って、少しだけ歩こう」

涼香の言葉に、もう一度うなずく。

「旧軽井沢もね、おばあちゃんは無理しちゃダメだよ。ウェブで素敵なカフェを見つけたんだ。あんまり歩きまわらないで、そこでゆっくりしてたっていいんだからね」

都和が言った。

「そうだね、大丈夫、無理しないよ。疲れる前にちゃんと言うから」

笑ってそう答えた。

帰ったら、この旅行の思い出の絵も描いてみようか。インクの紙袋を見ながらそう思った。

第3話　また虹がかかる日に　Sea of Illusion

1

車から降りると、空気がきん、と冷たかった。

東京とは空気がちがう。周囲の木々も夏には葉を茂らせるのだろうが、もうすっかり葉を落としている。しんとして、なんの音もしない。

目の前には、クラシックな建物が木々に囲まれて立っている。レンガ造りの二階建て。決して大きくもなく、豪華でもないけれど、古いホテルならではの味わいがある。ここが今日からわたしたちが泊まる「銀河ホテル」だ。

萌音《もね》、美紅《みく》、わたし。大学でいちばん親しかった三人組だ。卒論が終わったらここに泊まる、とずっと楽しみにしてきた。でも……。庭の真ん中にある大きな木を見あげながら、ふたりに気づかれないようにそっとため息をついた。

わたしたちがこのホテルに泊まるのははじめてではない。以前泊まったのは大学二年生の春休み。入試などがあるので、大学の春休みははじまるのが早く、とても長い。人気のあるホテルだから夏休み期間はずいぶん前から予約しないと泊まれないのだろうが、二月の平日だったから、一月にはいってからでも予約が取れた。

そのときのメンバーも今日と同じ。美紅と萌音とわたしの三人。大学生向けのショートムービーコンテストの入賞祝いだった。クリスマスをテーマにしたコンテストで、クリスマスイブに都心のショッピングモールの広場で結果発表のセレモニーがあった。

そのセレモニーのあとの飲み会で受賞記念に旅行に行きたいね、という話が出た。お正月休みはみんないろいろ予定があったし、一月中は大学のテストや課題で忙しかったから、二月にはいったらすぐに行こう、ということになった。

いろいろ候補は出た。そのころのわたしたちは三人とも洋館のような「日本だけど洋風」な場所にはまっていて、休日になると旧岩崎《いわさき》邸庭園や旧古河《ふるかわ》庭園など東京にある古い洋風建築や、横浜の洋館などをめぐっていた。

だからそのときの旅行も、クラシックホテルに泊まりたい、という話になったのだ。旅行だから都内や横浜ではなく、もう少し遠方に行きたくて、洋風の建築で有名な神戸や長崎、小樽《おたる》、門司《もじ》など候補がいくつかあがっていた。

なかでもわたしたちが泊まってみたかったのは軽井沢の万平《まんぺい》ホテル。江戸時代に旅籠《はたご》「亀屋《かめや》」として開業。明治時代に外国人たちが軽井沢を訪れるようになってから「亀屋ホテル」と名前を変え、西洋建築にリニューアル。ヨーロッパの山荘の外観に似せた「万平ホテル」としてオープンした。

明治時代築の、まさにクラシックホテル。実際に泊まったことがあるのは美紅だけだった。子どものころに家族で泊まったとかで、旅行中のほかのことは覚えていないけれど、ホテルの内装が素晴らしかったことだけは記憶に残っていると言っていた。

わたしと萌音は軽井沢に行ったこともなかった。ネットで調べてみると、明治時代に外国人宣教師によって避暑地として見出された軽井沢には、洋館や古い教会などがいろいろあるらしい。その写真を見るうちに絶対ここに行きたい、という話になった。

だが調べてみると、万平ホテルは大規模改修のために休館中だった。盛りあがっていたところだったので残念だったが、休館中では仕方がない。場所から考え直すしかないか、と思っていたとき、萌音がSNSで素敵なホテルを見つけた、とメッセージを送ってきた。

それが銀河ホテルだった。万平ホテルと同じ軽井沢にあり、写真を見ると万平ホテルとはちがうが、とても魅力的な建物だった。一九四五年創業だが、建物自体は昭和初期のものらしい。レンガ造りのイギリス風で、イングリッシュガーデンまであるみたいだ。建物の規模が小さく、ゴージャスというよりかわいい印象だが、内装はクラシックな雰囲気で、調度品も洒落《しゃれ》ていた。

建物が古いので設備面は少し心配だったが、ネットの口コミを見ると、手入れが行き届いていて清潔、最新式の設備ではないがＷｉ－Ｆｉ環境なども整っていて申し分ない、従業員がフレンドリーで気が利く、しずかで快適など高評価ばかりだった。

春休みではあるけれど、みんなアルバイトやインターンシップなどもあって予定を合わせるのがなかなかむずかしく、さらに予算の都合もあって、二月半ばの木曜から金曜にかけての一泊二日と決まった。

はじめは萌音の家の車を借りることになっていた。高原なので冬はかなり寒いようだが、雪はあまり降らないと聞いていた。だが、旅行の数日前に雪が降った。たいした量ではないが、気温が低いので一度雪が降るとなかなか溶けないらしい。萌音も雪道を走る自信がないと言って、念のため電車と送迎バスを使うことになった。

新幹線の軽井沢駅で降り、駅前で待っていたマイクロバスに乗りこむ。ホテルまでの道すがら、運転手さんが軽井沢のことをいろいろ教えてくれた。土地のことにすごくくわしいし、応対の感じも良くて、そこからもう銀河ホテルへの期待がどんどん高まった。

駅から車で十数分。到着した銀河ホテルは想像よりはるかに素敵だった。入口からはいるとゆったりしたロビー。入口の向かいにフロントがあり、左側にはダイニングルームとパブ、右側には蔵書室やギフトショップなどの施設がならぶ。

ロビーの壁は深い紺色だが、ダイニングルームの壁はあかるい水色。床はクリーム色と淡いブルーのタイルが市松模様になっている。パブの壁は深いグリーン。部屋ごとに色の雰囲気がちがっているのも楽しかった。

ホテルの受付の人の話では、銀河ホテルはもともと昭和初期に富豪が別荘として建てたものらしい。その人がイギリス好きで、若いころに泊まったロンドン郊外の古いホテルが忘れられず、お金を惜しまずその雰囲気を再現したのだという。

戦後、空き家になっていたその建物をこのホテルの創業者・上原周造氏が買い取り、ホテルにした。建物のもともとの雰囲気を生かし、イギリスの郊外の古い宿の造りに似せた。だから一階にはパブがあり、予約さえあれば宿泊客以外でも飲食ができる。豪華ではないが、本物志向。内装には地元信州《しんしゅう》の木材をふんだんに用いている。ロビーラウンジの暖炉の近くにその上原周造氏の胸像が据えられていた。

部屋も個性的で素敵だった。わたしたちの部屋は二階で、イングリッシュガーデンを見おろすことができた。壁はミントグリーンで、荷物を運んできてくれたベルボーイさんによると、これは部屋によってちがうらしい。そして、なんとバスルームには猫脚バスタブが置かれていた。エキストラベッドを入れてもらったので、その分少し狭くなってしまったが、それでも三人でゆったり過ごせる広さがあった。

ベルボーイさんが部屋を出て三人だけになると、みんなソファに座り、しばらくぼうっとしたあと、だれからともなく、素敵だねえ、とつぶやいた。軽井沢の町の散策は翌日にまわし、今日はこのホテルでゆったり過ごそう、ということになり、まずは下のダイニングルームへ。ロビー前のラウンジでもお茶は飲めるが、ティータイムにはダイニングルームでイギリス風のスイーツが食べられるらしい。

美紅とわたしはスコーン、萌音はクランブル、それから紅茶を三人分。濃いめの紅茶にミルクをたっぷり入れる。スコーンは素朴な味だが、小麦粉とバターと卵のハーモニーが素晴らしく、添えられていたクリームとジャムも絶品だった。

——うわー、もうこの宿から出たくないー。

クランブルをほおばりながら萌音が言った。美紅もわたしも、なに言ってるの、と笑ったが、正直同じ気持ちだった。お茶を飲みながらコンテストの授賞式や撮影していたときの思い出を語り合う。スコーンもクランブルもなかなかのボリュームで、夕食までに少し腹ごなしをしよう、とホテルの外に出た。

イングリッシュガーデンは、初夏と秋にはバラが咲き乱れるのだという。大輪のバラではなく、原種に近い、小さくて香りの良い種類のバラもたくさん咲くのだと聞いた。手入れの行き届いた庭で、バラの時季はきれいなんだろうね、と言い合った。

心配していたのに道路に雪はほとんど残っておらず、天気も良かったのでそのまま外に散歩に出た。冬のきんとした空気と突き抜けるような青い空。木々の裸の枝もうつくしく、しずかな道をみんな黙々と歩いた。

そのあとの夕食もほんとうにおいしくて、食事のあとはパブにも行ってみたかったけれど、なんとなく気後れして部屋に戻り、それから夜遅くまで、三人で映画作りの思い出を語り合った。

もともと、ショートフィルムを撮ろうと言い出したのは萌音だった。萌音は映画好きで、一年のときに映画研究会にはいったものの、部員たちとあまり話が合わず、夏休みにはいる前にやめてしまった。わたしはあまりはいりたいサークルがなく、どこにも所属していなかった。

萌音とはじめてちゃんと話したのは、夏休み明け。後期の授業がはじまったときだった。萌音とは前期もいくつか同じ授業を取っていて、何度か見かけたことはあったのだが、あいさつする程度で、深い話をしたことはなかった。それが、小説創作の授業でたまたま席が隣になったのだ。

先輩からきちんと課題さえ出しておけば絶対に単位が取れる授業と言われて登録しただけで、わたしはそれまで小説を書いたことなど一度もなかった。

実家が書店だったから、子どものころから本は見慣れていた。小さな書店だが、子どものころはとても大きく見えたし、本ってすごくたくさんあるんだな、と思っていた。ただ、野菜や果物と同じようにそれはどこか遠いところで作られているもので、自分が本を書いたり作ったりするなんてことは考えたこともなかった。

　授業を受ける前は、小説創作の講座と言っても書き方の説明を聞いていればいいのだと思いこんでいた。本なら人よりたくさん読んでいたし、楽勝だと思っていたのだ。

　それが、最初の授業でいきなり「それではこれから短い文章を書いてみましょう」と言われ、面食らった。しかも、書きあがったら隣の人と交換して、おたがいに相手に感想を伝えましょう、と言うのだ。え、嘘でしょ、と思ったが、紙が配られ、みんなあたりまえのように紙に向かってなにか書きはじめた。

　え、これって自分で書く講座なの？　よく考えたら「小説創作講座」なのだ。自分で書くに決まっている。なんで気づかなかったんだろう、と冷や汗が出た。

　教室のなかを見まわすと、何人かわたしのように頭を抱えている人もいたが、ほとんどの人がさらさらとペンをすべらせている。

　もしかしたら、みんな経験者なの？　高校時代に文芸部とかで、何度も書いたことがあるとか？　絶対に単位が取れると言っていたあの先輩もそうだったのかもしれない。

　この講座を取ったのは失敗だった、と後悔し、真っ青になった。となりに座っている萌音もけっこうなスピードでペンを走らせている。もうこの講座は捨てよう。履修登録は来週だから、先輩に訊いて別の授業を取ろう。でも、とりあえずいまはなにか書かないと格好がつかない。

書くために与えられた時間は三十分。残り十分を切ったところで、ふいに少し前に行った大学の近くの庭園のことを思い出した。そんなに有名な場所ではなかったが、たまたま立ち寄ったら一面にバラが咲き乱れていた。バラにいろいろな名前があることをはじめて知って、そのことを書きはじめたら止まらなくなった。時間ぎりぎりまでかかって、用紙を最後まで埋めた。

講師にうながされ、萌音と用紙を交換する。萌音の課題を目にしたとき、頭をがつんとやられた。一文一文がいちいちカッコいいのだ。ふつうのことしか書かれていないのに、文章のセンスがいいから輝いて見える。ほかの人とはちがうものの見方、感じ方があるように見えた。

同じ年とは思えない。この人になにを言ったらいいんだろう、と固まってしまった。ほかの席の子たちはわいわいと隣同士で意見交換をはじめている。萌音はわたしの方を見て、大石《おおいし》さんの文章すごくいいね、と言った。

書き方が真っ直ぐで、気持ちがストレートに伝わってくる、と。わたしはすっかりあわててしまい、創作ははじめてで、なに書いたらいいか全然わからなくて、としどろもどろになりながら言った。

――高田《たかだ》さんは高校時代、文芸部とかだったの？　この授業を取ってる人たちはみんなそうなのかな。

そう訊くと、萌音はちょっと笑った。

——え、文芸部？　まさか、ちがうよ。わたしのはね……。

そこまで言って声をひそめた。

——二次創作。

そう言うと、にまっと笑った。

——二次創作……。

わたしはぼんやりとくりかえした。なるほど、二次創作。好きなマンガ、アニメ、ゲームなどを題材に二次創作の小説を書く人たちがいるのはわたしも知っていた。なんの二次創作かが気になったけれど、まだそこまで踏みこんじゃいけないだろう、と思って言わずにおいた。

——あとはちょっとね、一次のネット小説も書くよ。

二次創作と一次のネット小説。方法はともかく小説は書き慣れているということか。

——じゃあ、書き慣れてるんだね。わたしは一度も書いたことないんだ。簡単に単位が取れると聞いて受けただけで……。失敗したな、って後悔してる。

——そんなことないよ。大石さん、すごく文章きれいだよ。リズムもいいし。ちょっとずつ書いていけば、きっと書けるようになるよ。

——そう、かな……。

半信半疑でそう言った。

萌音はわたしの文章のいいところを見つけて褒めてくれて、それでわたしもなんとなく書けるような気がしてきたし、萌音と友だちになりたかったからその授業を取ると決めた。わたしの方は萌音に対して「すごい」しか言っていなかった気がするけど。

たしかに、半年間受講するうちに文章を書くことにもだいぶ慣れて、最後の課題の一万字の短編小説もなんとか書きあげることができた。

その授業のときはわたしはいつも萌音の隣に座り、半年間でだいぶ親しくなった。おたがいの好きな小説やマンガの話をしたり、本の貸し借りをしたりするうちに、趣味がわりと近いこともわかった。

そして、冬休みにはいるころ、萌音に「映画を作らないか」と誘われたのだ。萌音は高校時代、友だちと映画を作ろうとしたことがあるらしい。だが、受験期に突入して、結局完成させられなかった。それで、大学時代には絶対一本映画を撮りたい、入学したら仲間を探そうと思っていたのだそうだ。

映画研究会にはいったのもそのためだったのだけれど、あいにく映画研究会は、映画を見て感想を語りたいというタイプの人ばかりで、映画を作ろうという人はいなかった。それであきらめてメンバーを探していたのだと言う。

萌音はもうひとり誘っている人がいる、と言った。それが芹沢《せりざわ》美紅だった。ずば抜けてかわいいと評判の子だが、あまり大学に来ないので、わたしはほとんど見たことがない。女優志望らしく、もうプロダクションに所属して芸能活動をはじめているとかで、そっちの仕事が忙しくてなかなか大学に来られないのだという話だった。

映画を撮りたい、と持ちかけてみると美紅は興味を示し、仕事の日程を避けてもらえばなんとかなる、と言っていたらしい。

——芹沢さんが出てくれたら、いいのが撮れると思うけど……。でも、わたしはなにをしたらいいの？　演技もできないし、撮影だってやったことないし。

正直、萌音がなぜわたしに声をかけてきたのか、さっぱりわからなかった。

——脚本、書いてほしいんだよ。

——え、脚本？　それは萌音が書いたらいいじゃない。

萌音はわたしなんかとはくらべものにならないほどの文才を持っている。授業でも先生から褒められ、成績はSだったと聞いた。

——わたしのはね、ダメなんだよ。自分の感覚や心情を書くのは好きだし、先生も褒めてくれた。でも、自分で言うのも変だけど、わたしの良さは地の文にあるわけ。自分に近い主人公は書けるけど、ほかの人を複数登場させるとすかすかになっちゃう。その点、穂乃果《ほのか》の書いた作品は人物がみんな生き生きしてるでしょう。映画にするなら絶対そっちの方がいいと思うんだ。

萌音は言った。たしかに、人物のことは先生にも褒められた。とくにセリフがいい、と。地の文はシンプルでまだまだ工夫が必要だけど、人物のセリフはひとりずつ書き分けられていて、とても良かった、と。

——それに、わたしは監督をやりたいんだよね。撮影とか編集とか。セリフは絶対穂乃果の方が書けるから。

そう言われて、春休みから映画を作ることになったのだ。

会ってみると、美紅は想像していたよりずっと気さくだったし、私生活で苦労もあるみたいで、同い年とは思えないほどいろいろなことに気づく人だった。萌音は文才だけでなく直感力が高くて、ものごとの本質をずばり見抜くようなところがあった。

そういう天才型に囲まれて最初は気後れしていたけれど、だんだん脚本に登場する人物にもふたりの性格が乗り移ってきて、話はどんどんふくらんでいった。

萌音と美紅がわたしの脚本を読んで、すごい、穂乃果、天才！　とおだててくれたこともあって、だんだん自分にはなんでも書ける、もしかして才能あるのかも、と感じるようにまでなった。

とりあえず、秋に締切の学生向けショートフィルムコンテストに応募することになり、応募規定に合わせて春休み中に台本を書きあげた。萌音が学内で音楽を作れる人を探してきて、曲を依頼した。何人か演技ができそうな人を探し、撮影は前期の合間に少しずつ。美紅の仕事のない日に合わせて、学内や大学近辺でおこなった。

夏休みは萌音のアパートに泊まりこんで、ふたりで編集作業をした。

いま思うと、二年生のときは明けても暮れても映画、映画、映画だったような気がする。三年になったらもうインターンだのなんだので忙しくなって、映画作りができるのはいましかない、という思いもあって、必死だった。締切ぎりぎりまで徹夜で編集作業を続けて、応募を終えたところでそのまま爆睡したのをよく覚えている。

そうして撮った映画が入賞したのだ。優勝ではなかったけれど、映画監督の選ぶ特別賞で、賞金も出た。関わってくれたメンバーたちと打ちあげをしたあと、春休みに三人で記念にどこかに行こうという話になり、銀河ホテルにやってきたのだ。

その晩は明け方まで話しこみ、朝、眠い目をこすりながらダイニングルームに行き、朝食のおいしさにまた驚いた。でもチェックアウトタイムが迫っていたので、ゆっくり味わう間もなく、部屋に戻ってあわてて荷造り。ばたばたとホテルをあとにした。

軽井沢の街並みの散策もとても良かったけれど、帰りの新幹線のなかでも、何度も銀河ホテルの話が出た。また三人で泊まりたいね、ゆっくりするために今度は連泊したいよね、などと言い合い、みんなの就職と卒業が決まったらまた行こう、できたらまた映画も撮りたいし、軽井沢でロケをしてもいいよね、という話になった。

三年生になるとゼミもはじまり、別のゼミになった萌音とはあまり会えなくなった。

萌音はサブカルチャーのゼミにはいり、わたしは創作のゼミにはいった。美紅は芸能活動がますます忙しくなって、大学で顔を合わせることはほとんどなかった。ときどきメッセージでおたがいの状況を報告しあってはいたけれど、インターンシップもあったりで、映画どころじゃなかった。

萌音もわたしも就活に明け暮れ、いくつか内定が取れたなかで萌音はゲーム制作会社に、わたしはウェブメディアの会社にいくと決めた。

わたしはほんとうは紙の本に携わる仕事をしたかったけれど、出版社はどこもきびしくて、通らなかった。すぐは無理だけれど、もしかしたらいつか文章を書く仕事ができるかもしれない、という話だったから、その会社に決めたのだ。

美紅はそのまま芸能活動を続けるようで、就活はしていなかったみたいだ。小さい役だがある番組のレギュラーを取れたらしく、卒業後もこの道でやっていく、と言っていた。

卒論を書いているあいだに何度か連絡を取り合い、卒論を提出したらすぐに旅行に行こう、という話になった。行き先はもちろん念願の銀河ホテル。春休みという案も出たけれど、萌音が、クリスマス前の方がイルミネーションも見られていいんじゃないか、と言うので、年内に行くことが決まった。

前回後悔したので、今回は連泊することにした。わたしたちの大学の卒論提出日は十二月十日。二十日を過ぎると冬休みシーズンなのかもう空室なしだったが、提出の翌週の平日で三泊四日取ることができた。

卒論執筆中だというのに、萌音はやたらと熱心にホテルや軽井沢のことを調べ、一種の逃避だと言っていた。萌音がとくに関心を持っていたのが手紙室だ。

前回泊まったとき、ホテルの一階に「蔵書室」と「手紙室」があることには気づいていた。夕食のあと、蔵書室の方はまだ開いていたので、ちょっとだけなかにはいった。だが、手紙室の方はもう営業を終了していた。

ホテルのサイトによると、手紙室には千種類のカラーインクがあって、それを自由に選んで手紙を書くワークショップというものがあるらしい。千色のカラーインクというだけでも興味が湧くが、見学のみはできず、なかにはいるためにはそのワークショップを受けなければならない。

——しかも、その手紙っていうのがふつうの手紙じゃなくて……。郵便で配達できない手紙でもいいんだって。

萌音が興奮した口調で言った。

過去や未来の自分、連絡の取れなくなってしまった人や亡くなってしまった人、これから出会うだれか……。そういう人に向けた手紙を書く。そしてポストに出すのではなく、封をして手紙室に預けるのだという。

萌音が、これはえらくエモい、これを映画の一シーンに入れたい、と言い出し、美紅も絶対やってみたい、と言っていた。今回予約するときに調べてみると、手紙室のワークショップは人気のプログラムで、当日ふらっと行ってはいれるものではないらしい。それで、部屋の予約のときにいっしょに手紙室の予約も取った。二日目の午前中。ほかはもういっぱいになっていて、そこしか取れる時間がなかったのだ。

いろいろまわりたいところもあるから、今度は萌音の家の車を借りた。天候も問題なさそうだ。楽しみなことはいろいろあったけれど、そのときのわたしは手紙室のワークショップをかなり楽しみにしていた。

2

ホテルのなかは、二年前となにも変わっていなかった。広々としたロビー。あのときはたった一泊しかしなかったのに、なんだかなつかしくて、涙が出そうになる。

今回は早くホテルに着こうと思って、早めに東京を出た。そのおかげで一時前に着いた。まだチェックインできる時間ではないが、先にダイニングルームでお昼を食べて、館内の施設を見てまわろうと考えていた。

「あの、すみません」

三人でフロントの前に行き、萌音がなかにいる女性スタッフに話しかける。

「こんにちは、高田さま。それから芹沢さま、大石さまでしたね」

女性スタッフにそう言われ、驚いた。まだ名乗っていないのに、なぜわかるんだ？　それにこの人、受付用のパソコンも確認していない。今回は送迎バスじゃなくて自分たちの車で来たし、チェックインタイムにもなっていない。

「あの、どうして名前がわかったんですか」

同じことを思ったのだろう、萌音がおそるおそる訊いた。

「ええ、二年前にもお越しいただきましたよね」

女性がにっこり笑う。胸元には「三枝茜《あかね》」という名札がついていた。ぱっちりした目に形のいいおでこ。そういえば前回泊まったときもこの人に対応してもらったような……。しかし、以前泊まったからといって、顔を覚えているものだろうか。

「まだチェックインはできないですよね？　先に食事をしたいと思っているのですが、荷物を預かっていただくことはできますか？」

美紅が訊いた。

「もちろんです。お部屋の準備が整いしだい、お荷物はお部屋に運ぶようにいたしますね。お食事がおすみになったら、一度フロントまでお越しください。できるだけ早くお部屋を準備するようにいたしますので」

「あ、ありがとうございます」

三枝さんの要領の良さに圧倒されたのか、萌音は気おされるようにうなずいた。

「では、代表者の方はこちらにサインをお願いします」

書類を指しながら言う。萌音がささっとサインした。

「今晩のご夕食はどうされますか？　いま予約をうけたまわることもできますが」

「そうだね、予約しとこう。今日はここで食べたいもんね」

萌音に訊かれ、うなずいた。行きたいお店はいろいろあるが、三泊もあるのだ。急ぐ必要はない。相談して、夕食は六時に予約した。


ダイニングルームには何人か先客がいたが、窓際の席に座ることができた。庭の景色がよく見える。今回も冬だからバラは咲いていない。いつかバラの季節にも来てみたい。でも、しばらくは無理か。そう考えると、また少しさびしい気持ちになった。

前回は一泊で、初日は午後に到着。翌日は朝チェックアウトしたから、まだここでお昼を食べたことはない。前回、朝食と夕食はイギリス風だったけれど、お昼はビーフシチューやドリア、オムライスなど、いわゆる洋食のメニューが中心だった。

美紅はドリア、萌音はビーフシチュー、わたしはオムライスを注文する。オムライスは最近よくあるとろっとした半熟卵がのっているものではなく、薄い卵焼きに包まれたむかしながらの正統派。卵は均一で、薄いけれどふんわりしている。なかはケチャップ味のチキンライスではなく、シーフードのはいった塩味。上にかかったトマトケチャップは上品な味だった。

「おいしーい」

美紅はドリアをひと口ほおばり、顔をほころばせる。

「ビーフシチューも最高だよ」

萌音が言った。

三人とも食べるのに夢中になって、ただただ、おいしいね、と言い合った。前に来たときもここのランチのことが気になっていたので、がんばって早く出てきて良かった、と思った。

食べ終わると、萌音はため息をつきながらソファに深くもたれ、もうここから一歩も出たくなーい、と満足そうに言った。

「萌音、それ、前も同じこと言ったた」

美紅が笑い、そういえばそうだったな、と思う。

「そうだっけ?」

萌音が照れたように笑った。

「なんか、あのときはすごく楽しかったよね。夜もずっと自分たちが作った映画の話をして……。わたしたち最強！　って思ってさ。一位にはなれなかったけど、一位は映画サークルの作品だったし、わたしたちみたいにはじめて作って上位にはいったグループなんてなかったし」

萌音がなつかしそうな顔になる。そうだった。あのころは、わたしたち三人でなんでもできる気になっていた。

「授賞式でも、はじめての作品って言ったら、ずいぶん驚かれたもんね」

美紅が言った。あとになってみると、作品が高評価だったのは美紅の演技力によるところが大きかったんじゃないか、と思う。

わたしも萌音もがんばったし、いまでも自分にできる最高の仕事をしたと思っている。でも、やっぱりそれは素人のなかの最高であって、美紅の演技はそうじゃなかった。美紅の演技はプロの俳優のそれだった。演じる前の集中力もすごくて、話しかけられないくらいだったのだ。

「三年になってからも、何度も何度もあの栄光を反芻《はんすう》してたよ。就活とか卒論とかいろいろ忙しかったけど、それだけが心の支えだったっていうか……」

萌音の言葉で胸がぎゅっと痛くなる。

——映画、卒業までにもう一度作りたいよね。

前の軽井沢旅行の最後に、萌音がそう言った。

作りたかった、わたしも。でも、就活はなかなか思い通りにいかないし、卒論もあったし、美紅も仕事で忙しくて……。それで結局いまになってしまった。もしかしたら萌音は、この最後の春休みにもう一度映画を撮りたいと思っているのかもしれない。今回の旅行で計画を立てて、あわよくば軽井沢で簡単なロケをして、とか……。車に荷物を積むとき、トランクのなかに萌音のカメラ用のカバンがはいっているのが見えた。

わたしだって、ほんとはそうしたい。それができたら、きっといい思い出になる。思い出……。つまり、これで終わりってことなんだよな。学生時代はこれで終わり。子ども時代はもう終わり。これからは大人になるんだ。この先にあるのは、単調な日々だけ。

「で、これからどうする？」

美紅が言った。

「どうするって……。チェックインを待って部屋にはいって、今日はもうずっとここで過ごす」

萌音が言い切る。

「えーっ、ずっとここにいたい気持ちはわかるけどさ、天気もいいんだし、外に出てみようよ」

美紅が言った。

「外？　外は明日行くじゃん。だいたいどこ行くの？　旧軽井沢は明日の午後からで、明後日は美術館めぐりをするんでしょ？　今日ぐらいゆっくりしようよ」

萌音は面倒臭そうに言った。

「ごっめーん！　わたし、ずっとひとつのところにいるのがダメで。すぐ外に行きたくなっちゃうんだよね」

「美紅って落ち着きないよねえ」

萌音がふう、と息をつく。

「でもまあ、萌音はここまで運転してきてくれてるんだもんね」

美紅がはっとしたように言う。

「いや、まあ、それは大丈夫なんだけど……。単にインドア派ってだけで」

「ここにいたい気持ちもわかるけど、せっかく来たんだし、近場でいいから散歩しない？」

わたしも言った。じっとここで座っていると、映画作りの話がはじまってしまうかもしれない。それは避けたかった。

「わかった、行くよ。でもどこ行くの？　この前来たときも、冬で庭もなんも咲いてなかったじゃない？」

萌音がぼやく。そういえば前回来たときもそうだった。庭に出たものの、花はまったく咲いていない。常緑樹でできた迷路みたいなところは楽しかったけれど、すぐに終わってしまう。ほんとうは近くにレイクガーデンという湖のある公園があって、そこにショップやレストランもあるという話だったが、冬季はお休みみたいだ。

「車でどっか出る？　旧軽井沢に行くか、プリンスショッピングプラザに行くとか」

萌音はスマホで検索しながらそう言うと、美紅はピンと来ない、という表情になった。

「うーん、また運転だと萌音に申し訳ないし……。それに、なんか、そういうんじゃなくて、もっとこう、林のなかの散策、とか、ロマンチックな雰囲気に浸りたいっていうか……」

「は、散策？　この寒いのに？」

萌音が信じられないという表情になる。

「じゃあ、フロントに行って訊いてみない？　さっきフロントにいた人なら、このあたりのことにもくわしそうだし」

わたしはそう言った。

「あ、そうだね。そうしよう」

美紅とわたしが立ちあがると、萌音も渋々腰をあげた。

フロントに行くと、さっきの三枝さんという女性のほかに若い男性がいた。わたしたちとそう変わらない年齢に見える。フロントの制服ではなく、山歩きに行くようなベストを着ている。胸には三枝さんと同じ名札がついているから、ホテルのスタッフなのだろう。名札には「上原旬平」と書かれていた。

「すみません、ちょっとこのあたりを散歩してみたいんですけど、どこかいいところはないでしょうか。歩いていける範囲がいいんですけど」

美紅が訊いた。

「歩いていける範囲ですか、そうですね……」

三枝さんが考えこむ。

「旧軽井沢には明日の午後行こうと思ってるんです。そこまで遠くなくて、一時間くらいで行って帰ってこられるような感じで……。でも、レイクガーデンもお休みですし」

美紅が考えながら言った。

「どういった場所をご希望ですか?」

上原さんが言った。

「なんか、こう、自然と触れ合える場所っていうか」

美紅がにっこり微笑んで答える。萌音がとなりで苦笑している。

美紅は役者としてはすごい才能を持っているが、ふだんはかなり天然なところがある。萌音は美紅にくらべると自分は常識人だと思いこんでいるみたいだが、萌音は萌音でかなり世の中一般の中心からはズレていると思うし、わたしから見るとどっちもどっちなのだが。

「この冬場にそんなところ、ないですよねえ。庭もなにも咲いてないですし」

萌音が小声でつぶやいた。

「いえ、それならちょうど、ホテルの裏山をめぐるミニトレッキングがありますよ。冬場は天候しだいの開催なんですが、今日は天気もいいし、雪もないですから」

三枝さんが言った。

「山？　のぼるってことですか？」

萌音が渋い顔になる。

「山といっても、ミニトレッキングのコースではアップダウンはほとんどありませんし、ふつうの服で大丈夫です」

「道は整備されていて、急なところはありませんし、登山靴も必要ありません。ヒールの靴でなければ大丈夫ですよ」

上原さんもにこっと微笑む。

「でも、冬場ですし……。花もなにもないですよね」

萌音が言った。

「ええ、葉が落ちている木が多いですが……。でも、冬でないと見られないものもけっこうあるんですよ」

「冬でないと見られないもの？」

「たとえば、鳥がよく見えるんです」

横から上原さんが言った。

「鳥？」

美紅が首をかしげる。

「冬場は枝に葉がないでしょう？ だから枝にとまっている鳥の姿が見えやすいんです。渡り鳥で、冬場にしか見られない鳥もいますしね」

「そうなんですか？」

上原さんの言葉に美紅が食いつく。

「運がよければ、オオマシコやベニマシコが見えるときもありますよ」

「オオマシコ……ってどんな鳥ですか？」

美紅が訊く。

「こんな感じの……」

上原さんが持っていたファイルを開く。写真には赤くて丸っこい鳥が写っていた。

「ひゃああ、かわいい」

「もちろん、野鳥ですから、必ずこの鳥が見られますと約束はできないんですが。ミニトレッキングは僕の担当なんです。二時半スタートで、一時間くらいです」

時計を見ると時間は二時。

「じゃあ、それに参加します」

美紅が勝手に言う。

「え、嘘？　この寒いなか、外歩くってこと？」

萌音が信じられない、という表情になる。

「行こうよ、萌音。鳥、見てみたいよ」

美紅が萌音に向かってお願いポーズをする。

「わかった。じゃあ、行くよ。そうだね、ロケハンだと思えば」

萌音はまだ少し不服そうだ。ロケハンという言葉で気持ちがすっと冷えたが、美紅のうれしそうな顔を見ていると、まあ、大丈夫かな、という気持ちになった。

みんな靴もウォーキングシューズだし、服も普段着でいいという話だったから、フロントに荷物を預けたままロビーで時間をつぶしてトレッキングに参加すればいいか、と思っていたが、早めに部屋の準備ができたそうで、チェックインすることになった。

三枝さんがカードキーを紙のケースに入れ、差し出す。

「こちらがカードキーで、三枚はいっています。以前お越しなのでご存じだとは思いますが、こちらが館内の案内図です。今日のご夕食の予約は六時、場所はこちらのダイニングルームになります。明日予約された手紙室はこちらになります。手紙室にはワークショップ開始時間の五分前までにご入場くださいませ」

三枝さんが案内マップを見ながらなめらかに説明した。

部屋は今回も庭の見おろせる二階。でも、前回とは別の部屋だった。前回の部屋の壁はミントグリーンだったけれど、今回の壁はローズピンク。家具の配置も調度品も少しずつちがう。もしかしたらわざわざ前と別の部屋を選んでくれたのかもしれない。荷物を運んできたベルボーイさんの対応も完璧で、やっぱりすごくいいホテルだな、と感じた。

車だったからそこまで厚着をしていなかったのだが、外を歩くなら寒いのは嫌だから、と言って、萌音はやたらと着こんでいる。

「歩くんだし、晴れてるからそこまで着こまなくても大丈夫なんじゃないの？」

美紅が笑う。荷物はいらないと言われていたので、できるだけ身軽な格好で一階に降りた。フロントの前には列ができていた。わたしたちのほかには、小学校低学年くらいのお子さんがふたりいる家族連れと高齢の夫婦が一組。

高齢の夫婦も家族連れもこのツアーに参加するつもりだったのか、しっかり自分たちの双眼鏡を持っていた。上原さんに、貸し出し用の双眼鏡もありますよ、と言われ、わたしたちはホテルの双眼鏡を借りることになった。

庭のなかを抜け、二十分くらい林のなかを歩いた。裏山ということで、最初少しのぼり坂があったが、やがて平坦な道になった。フロントで言われた通り、歩きやすい道だった。それでも歩いていると身体はどんどんあたたまってくる。萌音は歩いているうちに暑くなったらしく、上着の下に着ていたセータを脱ぎ、腰に巻いていた。

上原さんはところどころで木の種類のことなどを説明してくれた。葉も落ちているから幹や枝がはっきり見える。隙間には青い空。木の本来の姿が見えるようで、裸の枝というのもそれはそれでうつくしいものだな、と思った。

歩いていると、あちらこちらから鳥の鳴き声が聞こえた。双眼鏡で上原さんに言われた方を見ると、枝にとまった小鳥の姿が見えた。たしかにその鳥が鳴いているのがわかる。これまで鳴いている鳥の姿をしっかり見たことなどなかったので、なんだかどきどきしてしまった。

オオマシコは見えなかったが、ミヤマホオジロ、ツグミ、マヒワ、アカゲラなど、何種類かの野鳥を目にすることができた。しかし遠すぎて、スマホのカメラではきれいに撮れない。これは望遠レンズでもないとダメだね、と萌音はぼやいていた。

萌音と美紅は家族連れの子どもたちと仲良くなったみたいだ。美紅は子どもとの接し方もうまく、えらくなつかれている。萌音は日ごろ、子どもは苦手、わけがわかんないから、と言っていたが、なぜかYouTubeの動画やマイクラの話でえらく盛りあがっている。子どもたちからも、美紅はお姉さんだけど萌音は自分たちと同列みたいな扱いを受けているのがおかしかった。

わたしはその様子をながめながら、高齢の夫婦と上原さんの話を聞いていた。夫婦は銀河ホテルのリピーターらしい。上原さんに、まさか旬平くんがホテルで働くようになるとはね、と言ってにこにこ笑っていた。旬平くん？　知り合いなんだろうか。不思議に思って思わず聞き耳を立ててしまった。

どうやら上原さんはこのホテルの経営者である上原家の人らしく、ふたりは子どものころから何度も上原さんと会ったことがあるらしかった。話によれば、上原さんのお父さんは早くに亡くなって、現在の社長は上原さんのお母さん。上原さんは東京の大学を出て東京で就職したが、いろいろあってこちらに戻ってきて、ホテルで働くようになったみたいだった。

つまり、家の仕事を継ぐってことか。東京の大学を出て東京で就職したのに、それで良かったんだろうか。ほかにやりたいことがあったんじゃないのか？　いろいろあって、というのはどういう事情なんだろう。なんだか気になった。

帰り道も美紅と萌音は子どもたちと遊びながら歩いていて、わたしは上原さんと夫婦の話を聞きながら、そのあとをゆっくり歩いた。

「皆さんはどういうお仲間なの？　大学生？」

女性に訊かれ、うなずく。いまは大学四年で、卒業旅行で三人で来たのだと説明した。

「三人っていうと、ゼミですか？　それともサークル？」

男性が言う。

「いえ、そうじゃないんです。一年生のときに自主制作で映画を作ったことがあって……。そのときの仲間なんです」

「へええ、映画？」

女性が興味を示す。

「映画と言っても、三十分程度のショートフィルムなんですけど……」

照れ臭くなってそう答えた。

「どんなお話なの？」

「別れてしまった恋人同士の話なんです。主演は彼女で……」

わたしはそう言って美紅を指した。

「駅前を歩いているときに空に虹がかかるところからはじまるんです。ふたりは他人なんですけど、男の子が女の子に虹が出ていることを教えて、そこから付き合うようになる。でもいろいろ事情があって結局別れてしまう、というストーリーで……」

別れてから数年経ち、それぞれ別の場所で生活しているのだが、ある日空に虹がかかり、同じ虹を別の場所で見ながらおたがいのことを思い出す、というシーンで終わるのだ。

女の子は美紅が演じた。女子大だからもちろん男子学生はいない。美紅が連れてきたひとつ上の有馬《ありま》さんという他大生に、相手役として出てもらった。有馬さんも芸能活動をしている人らしく、ふたりとも美男美女のうえ演技力もあった。

わたしは、実は美紅と有馬さんは付き合っているんじゃないかと思っていたけれど、美紅はそんなことはない、と笑っていた。

「素敵な話ねえ。あなたはなにを？」

「わたしは脚本を書きました。あと端役でちょっと……」

「脚本？　すごい」

女性が祈るように胸の前で両手を握った。

「それで、彼女が監督でした。撮影も編集も自分たちで……。それで、学生向けのショートフィルムコンテストで賞をいただいたんです」

子どもたちに追いかけられている萌音を指した。

「へえ、すごいですね」

上原さんが目を丸くする。

「皆さん、才能がおありなんですね。むかしは映画なんて相当な機材がないと撮れないものだと思っていましたが、いまはちがうんですね。それにしても、若いってことは素晴らしい。これからなんでもできますね」

男性がにっこり微笑んだ。

これからなんでも……。その言葉が重く響いた。

3

一時間くらいという話だったが、ゆっくり歩いていたせいか、ホテルに着いたのは四時近かった。子どもたちはまだ遊びたいようで、美紅や萌音としばらく庭を走りまわっていた。

五時になり、子どもたちは両親といっしょに自分たちの部屋に帰り、わたしたちも部屋に戻った。ポットでお湯を沸かし、お茶を淹れる。

萌音は自分のベッドの上でごろごろしながらタブレットで今日見た野鳥のことを調べはじめ、美紅はソファで自分のSNSに写真を投稿したりしていた。

思い思いに過ごしているうちに、夕食の時間が近づいてきた。少し早めに部屋を出て、一階に降りる。

「うおお、きれい」

萌音が声をあげた。ラウンジの真ん中にある大きなクリスマスツリーに灯りがついていた。

「これは盛りあがるね」

萌音も美紅もスマホをかまえ、ツリーの写真を撮りはじめた。

ダイニングルームやパブがあるスペースはロビーラウンジより少し高くなっている。数段の階段をのぼってダイニングルームにはいると、しずかな音楽がかかっていた。照明が暗めのせいか、ランチのときにくらべて落ち着いた雰囲気だ。

メニューを見て、それぞれなにを食べるか決めた。萌音はビーフパイ、美紅はステーキ。わたしはローストビーフにした。どれも野菜の付け合わせがたっぷりついている。萌音のビーフパイはパイ生地もけっこうどっしりしていたようで、お腹いっぱい、と言いながら、デザートもしっかり注文していた。

わたしたちはみんなちがうゼミに所属している。芸能活動が忙しくて単位が足りなかった美紅は今年もゼミ以外週二で大学に通っていたみたいだが、萌音とわたしはゼミ以外は大学に行くことがなかった。ゼミの日もちがうし、十一月くらいからずっと卒業論文で忙しくて顔を合わせる機会もなかったから、ゼミと卒論の話で盛りあがった。

萌音のゼミの指導教授は年配の女性で、美紅もわたしも一、二年で授業を受けている。六十を超えているが、ユーモアのあるパワフルな授業で学生たちからも人気があった。だが、卒論指導はなかなかきびしいらしい。要求水準が高すぎて何度も泣いたよ。萌音はそう言っていた。

美紅は近世文学ゼミで、先生は年配の男性。グレーヘアでスマートで長身、おだやかな紳士である。美紅はかなり単位が残っていて、卒業できるかどうかの瀬戸際だったみたいだ。先生から単位数のことを心配されて、何度も確認されたらしい。でも、そのおかげでなんとか卒業できそう、と美紅は笑っていた。

あの授業を受けるまで創作なんてしたこともなかったのに、わたしはなぜか創作ゼミにはいった。創作の授業と同じ先生だ。授業で経験した創作が思いのほか面白かったのもあるし、映画作りの作業でストーリーを考えているうちに、自分の世界を小説の形にしたい、という気持ちが高まってきた。

賞を取った映画を小説化することも考えた。ストーリーはもう決まっているので、まとまるかどうか不安に思う必要がない。映画ができあがったあとでもっとこうすれば良かった、と思うところも多かったから、より良い形にした小説にしたい、という気持ちもあった。

でも、いろいろ考えるうち、不完全だったところも含めてあの映画が完成形態で、あれ以上のものは作れないな、と思うようになった。

萌音の演出、美紅やみんなの演技、萌音とふたりでがんばった編集作業。あの作品はそういうすべてが合わさってできたもの。あれを完全な形にするのではなく、あれに匹敵するような小説を書くのがいま自分がすべきことなんだ、と感じた。

しかし、いくら考えてもあれより良いものを生み出せる自信もなく、四年生の夏休みになってもプロットすらまとまらなかった。映画で賞を取ったことで、先生やほかのゼミ生から変に期待されてしまっていたのも良くなかったのかもしれない。良いものを作らないと、というプレッシャーに押しつぶされ、一時はもう書けないのではないか、と思った。

なんとか書きあげられたのは、夏休みの終わり近くに、気分転換でひとりで海に行ったおかげだ。どうしても海を見たくて、日帰りでどこに行けばいいか思いつかず、結局実家の最寄駅から数駅の、海岸から近い町に行った。

久しぶりにひとりで行動しているうちに萌音や美紅と出会う前、高校生だったころに考えていたことが頭によみがえってきた。それが頭のなかでしだいに文章の形になった。映画のために書いていた、人がたくさん登場するタイプの話ではない。自分の心の動きを書き連ねたものだ。

ストーリーもないただの文章だったけれど、それを提出すると、先生になぜか、良いですね、と言われた。とはいえ、どこに進むのかわからない話で、書いたり消したりの連続でなかなか枚数も増えなかった。

結局筆がのったのは卒論提出の少し前。五日くらいで一気に書いて提出した。この終わり方で良いのか自信が持てなかったし、あともう少し粘れれば、という不完全燃焼感はあったのだけれど、それでも書きあげたことでようやく自分を取り戻せた気がした。

萌音と美紅に話すと、ふたりとも読んでみたい、と言ってくれた。ちょっと書き直したいから、またいつか送るね、と答えたけれど、送ることはないかもしれない、と思っていた。


食事を終えてダイニングルームを出たあと、蔵書室に寄ってみた。

前に来たときは雰囲気を見ただけで、どんな本があるかちゃんと見るところまではいかなかった。ホテルの規則で、フロントに言えば、滞在中はひとり一回につき三冊まで、本を借りることもできるらしい。

最初は三人でいっしょに本棚を見てまわっていたが、だんだん真剣になってきて、それぞれ思い思いの棚をじっくりながめはじめた。

三泊いるけれど、昼間は出かけるし、話もしたいからそんなにたくさんは読めないよね、と言いながら、萌音も美紅も一冊ずつ借りる本を決めたらしい。萌音は短歌の本、美紅はエッセイ集だ。これなら細切れの時間でもちょこちょこ読めるから、と言っていた。

わたしはすっかり迷ってしまって、ふたりを待たせるのは申し訳なく、先に部屋に帰ってもらうことにした。候補にした五冊を席に運び、一冊ずつぱらぱらめくった。二冊は前から読みたいと思っていた作家の短編集だ。どちらも短編といっても一編が長いし、いまの気分とちょっとちがう。あとはエッセイと詩集と私家版の掌編集だった。

掌編集は知らない作家のもので、なんだろう、と不思議に思って手に取っただけだった。作家やタイトルをスマホで検索してみたが全然出てこない。だが、装丁や本の佇《たたず》まいがすごく素敵だった。

淡い水色の布張りの表紙。タイトルと作者名だけが箔押《はくお》しされている。「夜に想う」という短いタイトルも印象的で、出だしの文章を見たとたん、すうっと引きこまれた。

三冊全部借りられるけれど、読まないものを借りるのはほかの利用者に申し訳ない。読み終わったらまた借りに来ればいい。そう思って一冊に絞ることにした。

エッセイは最近話題になっていたものだから書店でも買える。詩集は高いから買えないけれど、どこかの図書館にあるだろう。でも、この私家版はまちがいなくここにしかない。どんな作家かさっぱりわからないけれど、運命の出会いかもしれない。ここはこの本に賭けよう。

わたしはほかの本を棚に戻し、水色の本だけ持って蔵書室を出た。そのとき、となりの部屋の扉が開いて、ミニトレッキングのガイドをしてくれた上原さんが出てきた。

あれ、上原……？

蔵書室から持ってきた本を見返す。本の作者は上原裕作。同じ苗字だ。ミニトレッキングでいっしょだった夫婦は、上原さんがこのホテルの経営者の一族だと言っていた。ということは、この本はもしかして、上原家のだれかが書いたもの……？

「ああ、大石さん、こんばんは」

上原さんがわたしに気づき、話しかけてきた。トレッキングのときとはちがい、フロントの制服のスーツを着ている。

「あ、その本……」

上原さんがわたしの手元の本に目を留めた。

「借りようと思ったんです。知らない作家さんですけど、タイトルと装丁がすごく素敵で、なかの文章も気になって……」

「それ、実は僕の父が書いたものなんです」

上原さんが言いにくそうに言った。

「そうなんですね。この本、私家版ですよね。一般に売られているものには見えませんし、同じ苗字だからもしかしたらホテルの関係者の方が書いたものなのかな、って。ええと、お父さまということは……」

このホテルで働いているのか、と訊きそうになり、昼間夫婦が上原さんのお父さんが早くに亡くなった、と話していたのを思い出して口を閉じた。

「父は僕が子どものころに亡くなりました。もともと身体が弱くて……。ずっとこのホテルで働いていたんですが、僕が五歳のときに亡くなりました」

「そうなんですか……」

どう言ったらいいかわからず、そこで言葉を呑みこんだ。

「父はこのホテルのことは好きだったけれど、人付き合いがあまり得意じゃなかったんですね。文章を書く方が好きで、作家になりたかったんじゃないかと。父の死後に書き残した原稿が見つかって、祖父がまとめたんですよ。若くして亡くなった息子の心をなんとかして形にしたかった、と言ってました。本にしたと言っても、少数刷って知り合いに渡しただけなんですが」

「そうだったんですね」

わたしは本を見おろした。この本の独特の佇まいは、そういうところから来ているのかもしれない、と感じた。

「実は人付き合いが得意じゃないっていうのは僕も同じで……。だからほんとうはホテルで働く気はなかったんですけどね」

上原さんが困ったように笑った。

「でも、昼間のガイドは素晴らしかったですよ」

「ありがとうございます。去年の六月にこちらに戻ってきて、いろいろな部署の研修をひととおり受けて、いまはホテルのアクティビティ部門に配属されてるんです」

「アクティビティ部門……。だからミニトレッキングを……」

「ええ、でも、アクティビティは外に行くものばかりじゃないんです。大石さんたちが明日受ける手紙室のワークショップもアクティビティ部門の看板プログラムで、手紙室を運営している苅部がアクティビティ部門の長なんです。ちょっと……いや、かなり変わってますけど、いい人、いや、すごい人なんです」

上原さんが目を泳がせながら言う。苅部さんというのは癖の強い人なのかもしれない。上原さんの言い方からそう思った。

「明日は、僕もお手伝いをさせてもらうことになっています」

「そうなんですか」

「手紙室は苅部がひとりでやっているのですが、最近は毎日かなりの枠が埋まるようになって。交代要員がいないと休みも取れないですし、苅部が会議に出ることもままならないでしょう。でも、手紙室のワークショップは外を歩くよりむずかしいんです。だから、いまはまだ僕は助手なんですけど」

むずかしい。なにがむずかしいのだろう。手紙室のワークショップって、ただ手紙を書くだけじゃないのか。なにか専門知識が必要なんだろうか。明日ワークショップを受けてみないとわからないな、と思う。

「あの、上原さん、昼間のトレッキングのときの話だと、ここに戻ってくる前は東京でお仕事をされてたんですよね。変なことを訊くようですが、帰ってくることに後悔はなかったんですか？　ほかにやりたいことがあったんじゃないんですか？」

少し迷ったが、思い切ってそう訊いた。

「やりたいこと……。あったような気はしますが、あると思いこんでいただけのような気もするんですよね。表面的なイメージだけだったたっていうか。それに、僕の場合、東京で身体を壊してしまったんです。と言っても、父みたいに持病があるわけじゃなくて、単なる過労なんですが」

「過労？」

「はい。睡眠不足、食欲不振。それで体調を崩して、駅のホームから落ちちゃって」

「え、ホームから？」

ぎょっとして問い直した。

「さいわい電車が来てなかったので、打撲ぐらいですんだんですけど。しかもそのあと会社が倒産しちゃって」

「え、ええっ」

「入社したときから、この会社おかしいな、って思ってたんですよ。でも、その日その日の仕事に追われて、だんだん麻痺《まひ》しちゃって。とにかく、身体は壊すし、仕事は失うしで、どうにもならなくなって、ここに戻ってきたんです」

話を聞いていると、戻ってくる場所があってむしろ幸運だったのかもしれない、と感じた。

「僕も最初はホテルの仕事をしたいとは思ってなかったんですよね。ホテルの仕事が嫌ってことじゃなくて、家業を継ぐとなると、いろいろ考えちゃうじゃないですか」

その言葉に、ずきっとした。

「そうですよね」

「もっと遠くに行けるかも、と思っていたのに、結局子どものころから親しんでいた世界から出られない。そんな気がして怖かったんですよ。でも、いまはこの仕事で良かったた気がしています」

上原さんの表情はあかるかった。嘘をついているようには見えない。

なんで良かったと思えるようになったんだろう。

やっぱり立派なホテルだからだろうか。規模は大きくないけれど、接客もいいし、リピーターも多そうだ。勤めている人たちもみんな楽しそうにしているし、こんな場所なら不満がないのもうなずける。

でもわたしは……。わたしは無理だな、という気がして、胸が締めつけられた。

「本、借りられるんですよね」

上原さんの声がした。

「あ、はい。フロントの方に言えばいいんですよね」

「いえ、大丈夫です。いま僕がここでうけたまわりましたから」

「ありがとうございます」

「もし良かったら、あとで感想を教えてください」

「わかりました」

うなずいて、上原さんと別れて二階に戻る階段の方に向かった。

階段をのぼりはじめたものの、踊り場で足が止まった。

この旅行のあいだにふたりに謝らないと。とくに萌音に。

わたしはもうみんなと映画を作れない。

せっかくがんばって内定を取った会社にも行けない。ここに来る前に会社に取り消しのお願いも出した。

郷里の母が倒れたのだ。わたしの家は両親がふたりで小さな書店を営んでいる。一命を取り留めたものの、病院でもうこれまでのように仕事はできないと言われた。弟は大学一年で関西にいる。父ひとりでは手が足りない。

父はもうこの際店をたたむか、と言った。店をたたみ、自分が別のところで働く。だが、ずっと自営業でもう六十近い父を雇ってくれるところがあるとは思えなかった。それに、家のことはだれがするのか。

たしかにいま書店の経営はどこもきびしい。わたしの実家のある町は、東京から特急で一時間半。県庁所在地ではないけれど、それなりに人口が多く、特急も停まる。以前は駅ビルにも書店がはいっていた。でも、いまはもうない。

商店街に何軒かあった書店もどんどんなくなって、いまはうちだけだ。うちが閉店したら書店のない町になってしまう。そのことを思うと、いてもたってもいられなくなり、わたしが店を手伝う、と言ってしまった。父も母もそんなことはしなくていい、と言ったけれど、どこかほっとした表情に見えた。

母はまだ入院している。近くに住む親戚が手伝って、父はなんとか店を続けているが、この旅行が終わったらすぐに家に戻らなければならない。一月の終わりに卒論の口頭試問があるから、そのときだけ東京に戻ってくるけれど、そのあとはすぐに部屋を引き払い、実家に戻ることになる。

だから、春休みにいっしょに映画を作ることはできない。この旅行のあいだにふたりにそのことを打ち明けようと思っていたのに、言えずにここまできてしまった。

春休みだけじゃない。働き出したら、もうそうそう東京には出られない。休みは滅多に取れないし、給料だってそんなには出ない。だから、少なくとも数年は、映画を作るのはおろか、ふたりと遊びに行くことだってままならない。

軽井沢みたいな観光地じゃない。なんでもない町の、小さな書店。そこでずっと働き続けることになる。

——これからなんでもできますね。

ミニトレッキングのときの男性の言葉を思い出し、泣きたくなる。その場にしゃがみこみそうになったが、階段の上から人が降りてくるのが見えたので、うつむいたまま階段をのぼった。

部屋に戻ると、萌音と美紅がトランプをはじめていて、遅かったね、と言った。

「ふたりでやってもつまんなかったんだよ。穂乃果もやろう」

「あ、うん」

わたしは本を自分のベッドの枕元に置き、ソファに座った。セブンブリッジ、ポーカー、ぶたのしっぽ。いくつかゲームをするうちにいつのまにか十二時半を過ぎていた。

美紅がそろそろ寝ようか、と言うと、萌音が、え、まだ早いじゃん、と文句を言った。

「でも、明日は十時から手紙室のワークショップでしょ。その前に朝食もゆったりとりたいじゃない？　身支度だってあるし、八時くらいには起きないとだよ」

美紅が言い聞かせる。

「八時起きだって、まだ七時間以上あるじゃん！　いけるって」

萌音があらがった。

「なに言ってんの。まだシャワーも浴びてないし。順番にシャワー浴びて、髪を乾かして、ってやってたらけっこう時間かかるよ。いけるって言うけど、萌音、いつも起きないじゃん」

わたしも言った。むかしから萌音は朝に弱い。何度起こしても起きない。そのくせ夜になると妙に元気になって、いつまでも話している。翌朝なかなか起きられなくて、朝ごはんのとき、ひどく辛そうに、今日こそ早く寝る、と言う。でも結局夜になると目がらんらんと輝いて、大丈夫、いけるいける、と言い出す。

「とにかく、もうわたしはシャワー浴びて寝るからね」

美紅が立ちあがり、バスルームに行った。萌音はしばらくぐずぐず言っていたが、やがて、まあ、仕方ないね、とあきらめたようだった。美紅の次はわたし、それから萌音の順にシャワーを浴びて、髪を乾かす。

美紅の髪はロングで、わたしはセミロング。だからふたりともそれなりに乾かすのに時間がかかる。萌音はショートなのであっという間に乾き、ベッドにはいるとすぐ眠ってしまった。

美紅も眠ってしまったようだ。わたしはうまく寝つけず、少しだけ本を読もうと枕元の灯りをつけた。蔵書室から借りてきた水色の本を開く。

最初の話は、子どものころの記憶をたどりながら、山を歩くという内容だった。エッセイに近く、大きな展開のない文章だったけれど、自然の描写が素晴らしく、胸に沁《し》みた。木々の葉が揺れる様子、緑色に光る池。風の動きが目に見えるようで、どうしたらこんなふうに書けるのだろう、と思った。

4

本を読んでいるうちに不思議と心が落ち着き、数編読んだところで自然と眠りに落ちた。目覚めると朝だった。美紅はもう着替えて窓から外をぼんやりながめている。時計を見ると七時半。萌音は例によって爆睡で、起きる気配もない。

「穂乃果、起きたんだ」

美紅がわたしに気づいて言った。

「うん、支度してくる」

「萌音は……。なんか気持ちよさそうに寝てるし、八時までは寝かせとこうね」

すやすや眠る萌音の顔を見ながら美紅が笑った。

顔を洗ったり歯を磨いたりしていると、昨日読んだ本の描写が頭によみがえってきた。

＊

どこにも行かなくても、軽井沢の森にはなんでもある。若いころは遠くにもっと大事なものがあるような気がしていたが、きっとほんとうに必要なものはほんのわずかなんだろう。いや、もともと必要なものなんてないのかもしれない。わたしはなにかを得るために生きているんじゃない。

生きているというのは、たまたま命を与えられたということだ。世界全体からしたら命なんて小さなものだ。だがわたしたちにとってはそれがすべて。自分に与えられた命を精一杯感じること。それがどんなにしあわせなことか。森を歩くたびにそう思う。

＊

自分に与えられた命を感じること。そんなふうに思ったことはなかったな。いつだって、わたしの心は自分の外側に向かっていた。どこかに行きたい、なにかを見たい、なにかを作りたい。そして、だれかに認められたい。

ずっとそう思っていた。倒れた母を見るまでは。

先月、母が倒れて入院したという連絡が来て、すぐに郷里に戻った。翌日手術を受けるということで、病院のベッドに横たわり、目も覚まさなかった。正月に会ったときよりずっと痩せていて、母の身体から命が漏れ出していっているように見えた。わたしたちを産んで、育てて、店のために働いて、そうしてこんなにしぼんでしまった。

母とそんなに仲が良かったわけじゃない。高校生のころはなんやかんやとうるさく干渉されている気がして、反抗もした。なにもわからないくせに、と思った。大学生になってからだって、二、三日家に滞在していると、考え方のちがいが気になって、いらいらした。いまだって、母のそういうところは好きじゃない。

でも、それとこれとは話が別だった。母はいつもわたしたちのそばにいた。母は、母の身体、母の命、母の心は、わたしの世界のすごく大きなパーツのひとつだった。たとえ気に入らないところがあったとしても、それがなくなったらそれまでの世界が大きく欠けてしまう。自分が自分でなくなってしまう。怖くてたまらなかった。

さいわい手術は成功したけれど、しばらくは安静に、と言われた。脳に少し障害が残ったこともあって、働くのはむずかしいでしょう、とも言われた。それでも、母が生きていることだけでうれしかった。

だがわたしの人生は、もうこれで思い描いていたものと変わってしまった。なんでこんなことになってしまったんだろう。自分で決めたことだけれど、なにも納得できていない。そうするしかないからそうしただけ。

「どうしたの？」

バスルームのドアの方から美紅の声がした。

「ううん、なんでも……」

「穂乃果、ちょっと元気ないね。なんかあった？」

美紅の整った顔が近づいてきて、ぎょっとした。

美紅はびっくりするほどの美人で、目がとても大きくて丸い。そして澄んでる。眼球なんて人間みんな同じようなもののはずなのに、美紅の目は特別澄んでいるように見える。わたしたちふつうの人間は身体のなかになにかどろどろしたものが詰まっているのに、それがまったくないみたいに見える。きれいではあるけれど、この世のものではないような気もする。だから最初のうちは顔を合わせるだけでどきどきした。

こういうきれいな人の人生ってどういうものなんだろう、とも思った。特別な存在に思えて、腹を割って話すことなんてできそうにない。美人は美人で孤独なのかもしれない、なんてことも思った。結局いっしょにいるうちに慣れて、ふつうに話せるようになったけれど、いまでもここまで近くに来られると、ちょっとどきっとする。

「美紅、顔近いよ」

「あっ、ごめーん」

美紅がけらけら笑って離れる。

「なんかね、昨日から穂乃果、元気ないなーって思ってて。ときどき遠くを見て、心ここに在らずな感じになってたし。昨日の夜もなかなか眠れなかったんでしょ？」

「え、あ……。うん」

バレてる、と思って、身構える。

「穂乃果、なんか隠してるよね」

美紅の顔がまた近づく。

「う、うーん、まあ、ちょっと……」

口ごもり、目を伏せた。

「まあ、言いにくいならいいよ」

美紅があっさり言う。

「でも、言いたくなったらいつでも聞くよ。わたしもさ、ほんとはみんなに言わなくちゃならないことがあって」

「え？」

顔をあげ、美紅の顔を見る。困ったように笑っている。

「穂乃果～、美紅～」

ベッドの方から萌音の声が聞こえた。

「あ、萌音。ようやく起きたんだ」

美紅がふざけて萌音のベッドにのる。

「ああ、良かった、ふたりともいたんだ。わたしを見捨てて、食事に行っちゃったのかと思ったよ」

萌音がほっとしたように言った。髪は寝癖でボサボサだ。

「さすがにそんなことしないよ。けど、もうすぐ八時だからね。さっさと支度しないと、ほんとに置いて行っちゃうよ」

美紅が笑いながら言った。

「わかったよ、起きるよ」

萌音は身体を起こし、ふらふらしながら冷蔵庫を開け、水を飲んだ。

身支度をしてダイニングルームへ。窓から朝日が差しこんで、朝は朝でまたちがう雰囲気だった。イギリス式の素晴らしい朝食をとり、おいしいミルクティーを飲む。美紅も萌音も、このあとのワークショップでだれ宛の手紙を書くかは秘密だと言っていた。

わたしもちろん話さなかった。わたしは自分への手紙を書くつもりだった。数年後の自分に、後悔していないか訊こうと思った。

いつか旅行に出られるようになったら、今度はひとりでこのホテルに来て、過去からの手紙を読む。だから精一杯自分をねぎらう内容にしようと思った。

いったん部屋に戻ってから、いよいよ手紙室へ。みな心なしか緊張しているようで、無言である。蔵書室の前を通り、手紙室のドアを開けた。壁面にずらりとインクの瓶がならんでいて、そのうつくしさにぼうっとした。

棚の前のカウンターテーブルには、フクロウの絵のはいった小さなフォトフレームが立っている。不思議な魅力のある絵だった。

「いらっしゃいませ」

カウンターの奥の扉から男の人が出てきてそう言った。長身で、彫りの深い顔立ち。しかも所作がとてもうつくしい。四十代くらいだろうか。思わず見惚《と》れて、立ち尽くした。あれが昨日上原さんが言っていた苅部さんなんだ、と思った。

「高田さま、大石さま、芹沢さまですね。お待ちしていました」

苅部さんのうしろにいた上原さんがお辞儀する。正直、苅部さんの佇まいがすごすぎて、上原さんがいることに気づいていなかった。昨晩の上原さんの話を思い出し、たしかに苅部さんはただものじゃない、と感じた。

「手紙室にようこそ。わたしが室長の苅部です。今日は皆さまが手紙を書くお手伝いをさせていただきます。どうぞよろしくお願いいたします」

苅部さんが頭をさげる。

「よろしくお願いします」

みんなでぺこっと頭をさげた。

「皆さまには、まず手紙に書くためのインクを選んでいただきます。この棚にあるインク、どちらをお使いいただいても大丈夫です。あちらから順に、赤系、黄色系、緑系、青系、紫系、茶色系、黒系と分かれていますので、まずは自由にご覧ください」

「へえ……。黄色や赤もあるんですね」

萌音が言った。

「はい。ワインレッドやディープレッド、茶色っぽい黄色などは、手紙の文字を書いてもとてもきれいですよ」

苅部さんは近くにあった瓶をいくつか手に取って、机に運んだ。小さなカップに少しインクを取り、つけペンで文字を書く。

Passion Burgundy。

「このインクの名前です」

苅部さんが言った。

「情熱のバーガンディか……。たしかにきれいな色ですね」

萌音が苅部さんの書いた文字をじっと見る。きれいな筆記体で、欧文を書き慣れているんだな、と思った。

「こちらは『Honey』。はちみつという名前ですが、黒みもあるので、文字を書いても読みにくいということはありません。こちらは『夕焼け』。日本のインクです」

黒っぽい黄色と黄みの強いオレンジの文字。日本の文字もきれいだな、と思う。

「どれもきれいですね。色によって手紙から受ける印象も変わってきそう……」

美紅が言った。

「読む人もですが、書いているうちに、書く人の気持ちも変わるみたいですよ。いまの自分の気持ちに合わせて選ぶのもよし、手紙を送る相手に合わせてもよし。未来や過去の自分に宛てて書くなら、なりたい自分や、そのころの自分を思い描いて選ぶのもいいですし。まずは試し書きをするので、候補を選んで持ってきてください」

苅部さんはそう言って、わたしたちにひとつずつカゴを差し出した。

「あの、最終的に複数の色を使ってもいいですか」

萌音が言った。

「もちろん、それもかまいませんよ」

苅部さんがにっこり微笑んだ。

「カラーインクは絵を描くのにも使えますからね。この絵のように」

苅部さんがカウンターの上のフクロウの絵を指した。

「あ、その絵、水彩じゃなくて、インクで描いたものなんですね」

萌音が訊いた。

「そうです。水彩絵の具と同じようににじませたりすることもできるんです」

苅部さんがにっこり微笑んだ。

「だれが描いたんですか？　なんだかすごい味がありますよね」

美紅が絵に顔を近づけ、じっと見る。

「そうなんですよ、素敵でしょう？　お客さまに描いていただいたものなんですが」

苅部さんが答えた。

「ふんわりしてるように見えるけど、フクロウの目に深みがあって、吸いこまれそう」

美紅が言った。

「そのフクロウ、苅部さんがモデルなんですよね」

上原さんが言った。

「え、そうなんですか？　そういえばちょっと似てる気が……」

萌音がフクロウと苅部さんを見くらべる。

「雰囲気出てるね」

美紅が笑った。

「さて、皆さんも色を決めましょう。手紙を書く時間がなくなってしまいますから」

苅部さんがそう言ってカゴを差し出す。

美紅と萌音はカゴを持ってさっそくインクの棚に向かったが、わたしはなかなか棚に近づけなかった。どの系統の色にすればいいか決められなかったのだ。いまの気持ち。未来の自分。考えてみたけれど、どちらも色にたとえることができない。

わたしが迷っていると、上原さんがやってきて、決めるの、むずかしいですよね、と言った。

「そうですね。どれもきれいで……。でも、どれかひとつを選ぶのがむずかしいです。いまの自分の気持ちが何色なのか、正直よくわからなくて」

「あまりむずかしく考えず、好きだな、と思う色でいいと思いますよ。瓶の前にサンプルがありますから、それを見てきれいだな、と感じた色でもいいですし」

上原さんが言った。

「遠くから見ながら頭で考えていても決まりませんよ」

上原さんのうしろにいた苅部さんがにっこり微笑む。

「まずは棚に近づいて。その目でサンプルを見てみてください」

苅部さんは「目」と言うとき、両方の人差し指で自分の大きな目を指した。きれいな目だ。色はちがうけれど、この人の目も美紅と同じように澄んでいて、少し怖い。

茢部さんの目は、淡い茶色で、少し緑がかっているように見える。

その目を見るうちに、なぜか卒論で行き詰まったときに行った海のことを思い出した。どこかに行きたくて、でもどこに行けばいいのかわからなくて。結局、実家の近くの海に行った。高校時代にもときどき行っていた場所。そこに行けば海が見られるのはわかっていた。

海だけ見て、実家には寄らずに帰ったけれど、海を見ているあいだずっと、東京に出てくる前のことを考えていた。

「青系の色がいいような気がします」

「青」

茢部さんが微笑んだ。

「じゃあ、こっちです。自分の目で見てください。頭で考えるんじゃなくて」

目で見る。その通りだ。さっき茢部さんが試し書きをしたときのことを思い出した。

青系の棚はとても広くて、種類もたくさんあった。万年筆のインクといえばブルーブラック。小説家のだれかがそんなことを書いていたのを思い出す。いろいろな会社のインクがならんでいて、ブルーブラックやミッドナイトブルーという名前のインクもたくさんあった。けど、わたしがさっき思ったのはこういう濃い色じゃない。

「もっと淡い色……。昼間の海や空みたいな色がいいんですが」

わたしがそう言うと、苅部さんはなるほど、と言った。

「それならこのあたりはどうですか」

苅部さんが指した棚には、水色っぽいインクがいくつもならんでいた。

Atlantique、Mediterranean Blue、Gurf Blue、天色《あまいろ》、Blue Water Ice……。名前を見ているだけで心のなかに海が広がる。波が打ち寄せ、きらきら光る。

「どうですか？　好きな色はありますか」

苅部さんが訊いてくる。

「このあたりの色は全部好きです。でも、どうちがうのかよくわからなくて。それに、文字を書くにはあかるすぎるでしょうか」

「読みやすさから言ったら、もう少し濃い方がいいとは思います。このあたりとか」

苅部さんが棚から瓶を取り出す。露草、Capri Blue、それからSea of Illusion。どれもきれいな色だ。とくにSea of Illusionという名前に惹かれた。サンプルの色を見くらべて、Sea of Illusion、天色、Blue Water Iceを試してみることにした。

美紅も萌音もしばらくうんうん言いながら迷っていたが、苅部さんと相談してようやく決まったみたいだ。美紅はRed Dragonという深みのある赤。萌音は霧雨という茶色がかったグレー。さらに萌音はもう一色、AMBRE DE BIRMANIEという琥珀《こはく》色を選んでいた。便箋のまわりに琥珀色で模様を描くのだと言う。

小さなカップに少しずつインクを入れて、つけペンで試す。

「おお～、書き心地いいですね～」

萌音が感激したような声を出す。

「ほんとだね。ボールペンより書きやすい」

美紅も言った。

「するする～って書けて全然疲れないし、書いていて気持ちいいです」

「そうでしょう？　ペン先からインクがのびていくから、ボールペンより力を入れなくても書けるんですよ。万年筆と同じです」

莉部さんが言った。

たしかに気持ちがいい。線を引いたり、丸く塗ったり。インクのにじみ具合も見ていて楽しいし、いつまでも書いていたくなる。万年筆もこういう書き心地なのか。はまる人がいるのもわかる、と思った。名前に惹かれたのもあるけれど、やはりSea of Illusionにしようと思った。

「あかるい青ですね。きれいだなあ」

上原さんが言った。

「実は僕も軽井沢に帰ってきてすぐ、このワークショップを受けたんです。僕も青系の色を選んだんですが、もう少しくすんだ深い色で……。でもこういう澄んだあかるい青もいいですね」

上原さんはそう言いながら便箋の準備をしてくれた。

インクと便箋を持って机に向かう。手紙室の机は図書館の自習室のように机の上に仕切りがあって、ほかの人がなにを書いているのか見えないようになっている。萌音も美紅も全然しゃべらないし、紙にペンを走らせるかすかな音だけが聞こえてくる。

わたしもなにか書かないと。ここに来るまでは、未来の自分への手紙にしようと思っていた。家のことをしながら、地元の書店で働いているわたし。どこにも行けないわたし。そういうわたしを励まして、がんばって、と言うつもりだった。

でも、そんなことをして、なにになるって言うんだろう。そんな手紙を読んでも、楽しかった大学生のころを思い出して、情けない気持ちになるだけなんじゃないか。楽しみにしていたワークショップのはずなのに、辛さばかりが増していく。

「まとまりませんか？」

うしろから声がして、ふりかえると苅部さんがいた。澄んだ目が見えた。

「え、ええ」

目をそらし、小さく答えた。

「だれに書くかは決まっているんですか？」

「はい、いちおう……」

もごもごと口ごもる。

「じゃあ、書き出してみるのもいいかもしれませんよ。頭で考えているだけだと、言葉って案外出てこないものですから。紙にペンを置くと言葉が自然とすべり出してくる、なんてこともあるかもしれませんよ。便箋に直接書くのはちょっと不安でしょうから、こちらの試し書きの紙を使ってみてください。まず書き味を試すつもりで」

莉部さんはそう言って、薄い紙を机の上に置いた。

書き味を試すつもりで……。そうだな、と思う。さっき少し線を引いたとき、鉛筆やボールペンとはまったくちがう感触に心惹かれたのだった。

ペン先をインクの小瓶に浸し、薄い紙に線を引く。その書き味に驚いた。やっぱりボールペンとは全然ちがう。力を入れなくても、インクが自然にのびていく感じ。

言葉は出てこない。なんでだろう、と悲しくなる。わたしには未来のわたしに言える言葉がない。どうしようもなくなって、「へ」の字みたいな形の波の模様をいくつも描く。くいっと曲げるところにインクが溜まり、その部分だけ濃くなる。液体で書いている。海の色の液体で。そう思ったとたん、耳奥にざあああっという波の音が響いて、頭の中に海が広がった。

高校生のころ、気持ちがもやもやするとよくひとりで海辺を歩いた。もやもやの原因は友だちのことや母との意見の食いちがい。そういうはっきりした理由のこともあるけれど、たいていは言葉にならないもっとぼんやりした焦りのようなもの。自分の住んでいる世界が狭くて、窮屈で、どこにも行けないような気がして、このままここから出られずに人生が終わるのだけは耐えられない、と感じていた。

だから母には反対されたけど東京の大学を受けた。第一志望だった有名私大なら行ってもいいと母は言った。だけどそれ以外はダメだと。結局第一志望には落ち、受かったのは滑り止めに受けた女子大だけ。無理だと思ったが、父がいっしょに説得してくれて、母も最後は渋々うなずいたのだ。

元気ですか。

なぜか自然と、ペンで言葉を記していた。

元気ですか。わたしはいま軽井沢にいます。萌音や美紅といっしょです。輝かしい大学時代の思い出を噛《か》み締めながら、大学最後の旅行を楽しんでいます。

いまのわたしには、あなたがどんな気持ちで日々を送っているか、想像もつきません。なにを考え、どんな楽しみがあるのか。その人生に満足しているのか。

正直、いまのわたしは不安だらけです。なんでこんなことになったのか、という怒りもある。未来のわたしを励ますために書こうと思っていたけれど、いまのこの怒りを忘れたくないから、この怒りも、自分が大切にしていたものがあった証《あかし》だと思うから、そのことについて書こうと思います。

四年前に東京に出てきて、街は想像通りきらきらしていたけれど、いちばん行きたかった大学じゃないから、ほんとうは少し憂鬱でした。友だちもなかなかできず、せっかく都会に出てきたのに、どこにも行く気になれなかった。

都会に住んでいても都会は遠くて、全然なかにはいれない。

授業も一年の前期は正直あまり面白くないな、と感じてました。それが、偶然受けた小説創作の授業で萌音に出会って、すべてが変わりました。萌音に引っ張られるみたいに映画を作りはじめ、賞を取ったときにはすっかり自分も東京の一員になれたような気がした。

でも、もうそれも終わり。せっかく決まった就職もあきらめなければなりません。なんで自分だけがこんなことに、と何度も何度も思ったし、いまも納得できていません。

そこまで書いて、ペンを止めた。どこかちがう気がした。自分が書きたいのはこんなことだろうか。ちがう気がする。わたしがいま納得できずにいるのは、自分の運命に対してではなくて、自分の弱さに対してなのかもしれない。

自分が、萌音や美紅のようにほんとうに才能があったら、親を捨てても、自分の故郷を捨てても自分の道を貫けるくらい強かったら、そうしたら実家には帰らなかったかもしれない。だから、もし未来のわたしがその人生に満足していないなら、運命ではなく、この決断をしたいまのわたしのことを恨んでいるんじゃないか。

結局、自分が弱かったから？　自分に能力がなかったから？　特別になれるだけの実力も、野心もない。それじゃあ、どうにもならなくてあたりまえ。大学時代の映画賞は萌音や美紅といっしょだったから手にできた栄光にすぎない。

なんで書店を続けるなんて言ってしまったんだろう。いまはどんどん書店の数が減っている。就活するなかで、もうそういう時代じゃないんだ、って何度も思い知らされた。うちの店だって、売上はどんどん減っている。

わたしが手伝うと言ったとき、父も母もほっとした顔をしていた。でも、どうなんだろう。続けると言っても店がいつまでもつかわからない。だけど……。

＊

どこにも行かなくても、軽井沢の森にはなんでもある。若いころは遠くにもっと大事なものがあるような気がしていたが、きっとほんとうに必要なものはほんのわずかなんだろう。いや、もともと必要なものなんてないのかもしれない。わたしはなにかを得るために生きているんじゃない。

＊

ふと、昨日の夜に読んだ上原さんのお父さんの本の一節を思い出した。

遠くにもっと大事なものがあるような気がしていた。わたしと同じだ。上原さんのお父さんは文学の道に進みたかったらしい。でも結局ホテルで働く道を選んだ。

軽井沢の森にはなんでもある。その言葉が心に残っていた。

なんでもある……。

そう、小さいころのわたしにとっては、あの店に世界のすべてがあったんだよなあ。本を読んでいる時間がしあわせだった。

東京に出て、わたしはなにがしたかったんだろう。

きらきらした場所に行きたかったんじゃない。わたしはたぶん、本が作られている場所に近づきたかったんだ。小説創作の授業だって、単位を取りやすいからなんかじゃない、ほんとは、本作りの秘密に近づけると思ったから――。

映画制作が楽しかったのも、本ではないけれど、ひとつの世界を作る楽しみがあったから。だから夢中になった。物語を、別の世界を作るのが好きだった。

——読む人もですが、書いているうちに、書く人の気持ちも変わるみたいですよ。いまの自分の気持ちに合わせて選ぶのもよし、手紙を送る相手に合わせてもよし。未来や過去の自分に宛てて書くなら、なりたい自分や、そのころの自分を思い描いて選ぶのもいいですし。

さっきの苅部さんの言葉が耳のなかで響く。

なりたい自分……。

なんだろう、わたし、言い訳ばっかりだな。

お母さんが倒れたから東京の会社をあきらめたとか、自分は萌音や美紅みたいに特別じゃないとか。

ちがうよね。書店を続けたいと思ったのはわたしだし、全部自分が決めたことだ。

もう、言い訳したくない。

地元の書店と東京の会社、どっちがいいかに正解なんてない。そりゃ、本よりウェブメディアの方が将来性があるかもしれない。でもそこに就職したって、文章を書く仕事ができると決まったわけじゃない。うちの店もいつかは続けられなくなるかもしれない。でもだからって、そっちを選ぶのがまちがいだとは言えない。

＊

生きているというのは、たまたま命を与えられたということだ。世界全体からしたら命なんて小さなものだ。だがわたしたちにとってはそれがすべて。自分に与えられた命を精一杯感じること。それがどんなにしあわせなことか。森を歩くたびにそう思う。

＊

上原さんのお父さんの本の言葉を思い出し、なぜか、そういうものかもしれない、と思った。どこにだって、大事なものが宿っている。あっちの方が良かった、とか、あの道を進めなかったからダメになったとか、そうやってくらべるものじゃなくて、自分が決めた道を行けばいい。

わたしは便箋を机に広げ、ペンを手に取った。インクをつけ、紙の上を走らせる。

こんにちは。元気にしてますか。

いまのあなたがなにをしているのか、わたしにはわかりません。まだ実家の書店で働いているのか、家を出て別の仕事についたのか、結婚して別の家族を持っているのか。

大学四年のわたしは、家に戻って書店を継ぐことを選びました。それまで自分を育んでくれた場所を守ると決めました。保守的な決断かもしれないけれど、いまのわたしにとって、それがなにより大事だと思ったからです。

そして、自分のほしかったものは、どこにいても手に入れられると思ったから。子どものころから、わたしは物語を作りたかった。ここは別の世界をこの手で作り出したかった。大学の四年間で、わたしはそのことに気づきました。萌音や美紅と出会ったから。いっしょに映画を作ったから。そして卒論を書いたから。

子どものころのわたしにとって、物語はどこか遠い場所で生み出され、どこからかうちの店に流れてくるものでした。でもほんとうは、現実の世界のなかに物語を作っている人がいて、自分もそれになることができる。大学生活でそう学びました。

そのことを学んだから、いまのわたしはどこにいてもその道を進むことができる。そう信じています。

未来のわたしへ。

いまなにをしてますか。物語を作り続けていますか。

それともほかにもっと大切なものを見つけましたか。

いまのあなたが人生に納得できるように、これからがんばって歩いていきます。

だからあなたも、自分の道を歩いていってください。

最後に自分の名前を書いて、ペンを置く。

深呼吸して、これでいいんだ、と思った。

5

手紙を折りたたみ、莇部さんのところに行った。

「思ったことは書けましたか？」

莇部さんがにっこり笑う。

「はい」

そう言ってうなずいた。

「良かったですね」

となりに立っていた上原さんも、ほっとしたように微笑んだ。

「昨日蔵書室で借りた上原さんのお父さんの本のおかげです」

「え、父の？　もう読んだんですか？」

「まだ途中です。でも、最初の方の作品をいくつか読みました。とても素晴らしかったです」

「ほんとに？」

上原さんが驚いたように言う。

「心に残った言葉がいくつもあって。ホテルに滞在しているあいだに全部読みます」

「ありがとうございます。父もきっと喜びます」

持って帰れないのが残念ではあるけれど、心に響いた文章は写真に撮っておこう。それで帰ってからノートに書き写そう。

「あの、こちらのインクって、どこで売っているんでしょうか」

できればこのインクを使って書き写したい、そう思いついて訊いてみた。

「インクはこちらで買えますよ。在庫があればすぐにお渡しできますし、ないものは取り寄せて、あとでご自宅にお送りすることもできます」

苅部さんが言った。

「そうなんですね。そしたらわたしが使ったこの色を……」

「ああ、『Sea of Illusion』ですね」

苅部さんはタブレットを立ちあげ、調べはじめた。

「在庫、ありますよ。ちょっと待ってくださいね」

そう言って、上原さんにタブレットを見せる。上原さんはうなずいて、インクの棚の下にある引き出しを開けた。

「こちらになります」

机の上に箱にはいったインクを置いた。

萌音と美紅も手紙を書き終わったようで、ふたりともしずしずと苅部さんの机にやってきた。

「できました」

美紅が手紙を差し出す。

「いやあ、たいへんでした。手書きなんて久しぶりで……。でも、ボールペンで書くのより疲れないですね。むしろ書くのが気持ちよくて、どんどん書けちゃって」

萌音が言った。

「そうでしたか。実はここのインクには、そういう魔法がかけられているんですよ。その人の気持ちを読み取って、文字にする魔法が」

苅部さんが笑う。

「魔法……ですか？　たしかにそんな感じがしました」

美紅は一瞬首をかしげてから、すぐにそう言い切った。

「え？」

萌音が嘘でしょ、という顔で美紅を見る。

「魔法……。感じなかった？」

美紅が萌音をじっと見返す。

「いや、魔法って……。わたしはそういうのはちょっと……。でも、まあ、わからなくもないよ」

萌音が笑った。

「まあ、魔法はわたしがかけたものではないんですけどね。この部屋にそういう力が備わっているのかもしれません。では、手紙に封をしましょうか」

苅部さんが微笑みながら封筒を出してきた。オフホワイトの横長の封筒だ。便箋と同じ手触りの良い紙だった。便箋を三つ折りにして、封筒に入れる。

封筒におさまった便箋を見て、心のなかで、いってらっしゃい、またね、と唱えた。蓋をして、きっちりと封を閉じる。苅部さんに渡すと、苅部さんは一枚ずつ、今日の日付とわたしたちの名前を書いて、フォルダにはさんだ。

「ホテルがここにあるかぎり、手紙はこの部屋で保管されています。もしいつか手紙を受け取りたくなったら、このホテルにお越しいただいて、今日の日付と名前を言っていただければ、すぐにお渡しします」

苅部さんが説明する。

「皆さんご自身ではなく、だれかに渡すこともできますよ。その場合は、手紙を書いた本人の許可が必要になります」

いつか手紙を受け取りたくなったら……。

わたしはいつかまたここに来るのだろうか。

何年後だろう。そのときのわたしはどうなっているんだろう。いまは手紙の文面をはっきり覚えているけれど、何年も経ったらきっと忘れてしまうのだろう。

わたしたちの手紙をはさんだフォルダを持って、苅部さんが奥の扉を開ける。

「こちらが保管室です」

苅部さんが言った。窓のない薄暗い部屋だった。

「ここはむかし、映写室だったんだそうです。銀河ホテルではむかし映画上映がおこなわれていたようで」

「映画！」

萌音が反応した。

「皆さんで映画を撮ったことがあるというお話でしたよね。ミニトレッキングのときに大石さんからうかがいました」

上原さんが答える。

「はい。大学二年のときに。へえ、映写室……。だからこんなに狭くて、窓がないんですね」

萌音があたりを見まわす。

「さっき皆さんが手紙を書いた手紙室が客席で、この保管室で映像を流していたようです。改築するときにつなげるという話もあったんですが、手紙の保管室があった方が便利だなと思って、そのままにしたんですよ」

苅部さんが言った。

細長い部屋の両側に手紙を保管するための棚があり、片側の壁の途中まで、同じ形のフォルダがぎっしり無数に挿さっていた。

「こんなにたくさん……」

美紅が言った。

「そうですね、この手紙室をはじめたときのものから、ほとんどすべてとってありますから。でも、まだこちらの棚もありますからね。まだまだたくさん保管できますよ」

苅部さんが笑った。

「ここがいっぱいになっちゃったらどうなるんですか?」

萌音が訊いた。

「さあ、どうなるんでしょうねえ。どこかに保管室を増設するしかありませんね」

苅部さんはそう答えたあと、わたしたちの手紙のフォルダを、棚のいちばん端に挿しこんだ。

こんなにたくさんの手紙……。どれも、それぞれの思いが詰まっているんだろう。そういう手紙がこの狭い部屋でずっと眠っている。

考えたら本というのもそういうものなのかもしれない、と思う。手紙みたいにひとりからひとりに宛てたものではないけれど、書き手の思いをのせている。書店はそれをだれかに手渡すための場所。人の思いに満ちている。ときにその濃さにむせ返りそうになるときもあるけれど、わたしはあの場所が好きだった。

ひっそりと薄暗い保管室をながめながら、この部屋もどこかうちの店と似ている、と思った。

苅部さんと上原さんにお礼を言って、手紙室を出た。

「良かったね、手紙室」

美紅が言った。

「書きたいことを書いて、なんだかすっきりしたよ」

そう言って、ははは、と笑った。

「ほんとほんと」

萌音もうなずく。

「これからどうする？　ちょっと疲れたよね」

美紅の言葉にうなずいた。手紙を書いただけなのに、妙に疲れている。でも、心地よい疲労だった。海で泳いだみたいに。

「休みたいけど、お昼にはまだちょっと早いよね」

「じゃあ、庭を散歩するのは？　花はなにも咲いてないけど」

萌音が言った。

「めずらしいね、萌音が外を歩こうなんて。でも、いいと思う」

美紅はそう答え、うーん、と伸びをした。

外に出て、三人で庭園をゆっくり歩いた。みんな手紙室の余韻に浸っているのか、あまりしゃべらない。東京にくらべたら寒くて、春はまだ遠そうだ。でも日差しはぽかぽかしている。

今度こそ話さないと。そう心に決めた。

昨日まで話すのを躊躇っていたのは、話せば暗い気持ちになってしまいそうで、せっかくの旅行中にそのネガティブな感情にふたりを巻きこみたくなかったからだ。でもいまなら、ちゃんと話せる気がする。自分自身の選択として。

「あのね」

突然、美紅が口を開いた。

「実はふたりに話さないといけないことがあるんだよね。ちょっと、いいかな？」

「え？」

萌音が驚いた顔になる。

「うん、もちろん」

萌音が言った。

「あのね、実はわたし、彼氏とお別れしました」

美紅がてへっ、と笑う。

「え、彼氏？　美紅、彼氏いたの？」

萌音が目を丸くする。

「もしかして、有馬さん？」

わたしは訊いた。

「そう。隠してたんだけど、映画で共演した有馬さんと実は付き合ってて……」

美紅が驚いたように答えた。

「穂乃果には前にも一度訊かれたことがあったよね。あのときはごまかしちゃってごめん。仕事のこともあって、だれにも言っちゃダメ、ってことになってたから」

美紅がわたしに謝った。

「そうなの？　わたしは全然気づかなかった。節穴だね」

萌音はちょっと落ちこんだ表情になる。

「そんなこと、ないない。だってわたしたち、ふたりとも役者だもん。隠そうと思えば完璧に隠せるよ。だから仕事仲間もだれも気がつかなかったし、穂乃果に言われたときは、だからすごくびっくりした」

「穂乃果、なんでわかったの？」

萌音が不思議そうに訊いてくる。

「なんで、って……。なんでだろ？　よくわからないけど、なんとなく……」

撮影に来る時間はいつもばらばらだった。だけど、一度有馬さんが駅じゃない方からあらわれたことがあって、そういえばさっき美紅もそっちから来たなあ、と思ったのだ。あとは、一度美紅の家に行ったとき、食器がふたつあったりして、なんとなくだれか付き合っている人がいるのかなあ、と感じた。

「三年生からいっしょに住むようになったんだよね。有馬さんはすごくやさしくて、頼めばなんでもしてくれたし、いつもおだやかで、笑顔で、いっしょにいるとすごく落ち着いた。わたしの両親はわたしが子どものころに離婚してるんだよね」

その話は前にちらっと聞いたことがあった。美紅があまり話したがらなかったから、深くは訊かなかったけれど。

「父はおだやかなタイプで、わたしは父が大好きだったんだ。でも母はちょっと不安定な人で……。結局わたしは母と暮らすことになって、中学・高校時代はたいへんだった。けど、母にあたらしい恋人ができて、それでわたしはひとり暮らしをはじめることができたんだ。自由だったけど、なんとなくさびしくて。有馬さんはたぶん、父に似ていたんだと思う」

美紅が言った。

「なんで別れたの？」

萌音が訊いた。

「うーん、なんでって言われるとうまく答えられないんだけど……。そもそも彼はやさしい人なんだけど、だれに対してもやさしいんだよ。そういう性格ってこと」

美紅が無理に笑顔を作る。

「四年生になったころからかな、帰りの遅い日が多くなって。変だな、と思ってたんだけど、気づかないふりをしてた。それで、あるとき突然、話したいことがある、って言われて。やな予感しかしなかったけどね。自分が取り乱すのが怖かったから、家じゃなくて外で話すことにした。そしたら、彼、ほかに好きな人ができた、って」

美紅が顔を伏せる。萌音もわたしもなにも言えなかった。

「バイト先の人に告白されたんだって。はじめは断ったんだけど、相手が不安定な人で、自殺未遂とかいろいろあって、結局彼女を選ぶことにしたんだって。美紅はひとりでも生きていけるだろうけど彼女は無理だから、僕がいないとダメだから、って」

「なにそれ。なんで美紅はひとりで生きていけるって決めつけてんの」

萌音が腹立たしげに言う。

「でも、それ、事実なんだよ。わたしはたぶん、生きていけちゃうんだ。強いから」

美紅はぱっちりした目でこっちを見る。その目がうるんでいるのがわかる。

「わたしは母に言われて、子どものころから劇団にはいってたの。そこで演技を学んだ。自分に素質があるのはわかってたんだ。子どものころから、わたしは自分の感情を自分から切り離すことができたの。それができない子はみんなうまくいかずに辞めていった。簡単なんだよ、感情なんてない、って思えばいいだけ。ほかの子はなんでできないんだろうって不思議だった。でも考えたら、わたしの方がちょっとおかしいんだよね」

「そんなことないよ、美紅はおかしくなんかない」

萌音は相当腹が立っているようで、語気が荒い。

「たぶん、有馬さんもそう。父もそう。外に見せているのは他人に見せたい自分で、だからおだやかなの。でも、内心が腹黒いとかじゃないんだよ、中身は空っぽなのかもしれない。演じているうちに『自分』というものがなくなって……」

「そんなことないよっ！　あれだけ感情豊かに演じられるんだよ、それは美紅のなかにそういう心があるからでしょう？　演じる役の心がわかるからじゃない？」

「ありがと。でも、わかるってことと、それがほんとかってことは、ちょっとちがうんだよね」

美紅はそう言ってため息をついた。

「わたしも悲しかったし、泣いたけど、すぐに気持ちに蓋をして、ものわかりよく別れたんだ。彼の荷物を運び出すのも手伝って、仕事ではまた会おうね、って言って。でも、そのあと体調が悪くなって、寝こんじゃった」

「ええっ」

「前だったら有馬さんがいて、ほしいものをなんでも買ってきてくれたのにね。ひとりだとこのまま死んじゃうんじゃないか、って……。そしたらたまたま有馬さんからメッセージがきて、家に忘れ物をしたから取りに行きたいって。いまは熱が出て寝こんでるって返事したら、すぐに来てくれたんだ。食べ物と飲み物を持って。うれしかったけど、なんか腹が立って、帰って、って言っちゃった。もちろん、忘れ物は持って帰ってもらったよ」

「そりゃ怒っていいと思う」

萌音が言った。

「でも、持ってきてもらったものを食べたら、めきめき元気になったんだよね。わたしの好きなもの……病気になったとき食べたくなるものばっかだったし。それで、悔しくて、悲しくて、でも腹が立って、もう絶対に負けない、って思って、それまで受けたことのないような大きなオーディションを受けることにした。卒論もあったのにね」

美紅がへへっと笑う。

「え、ええっ？」

萌音がぎょっとした顔になる。美紅の強さに驚き、心がふるえた。

「それで、どうなったの？」

「受かるはずないし、と思いながら会場に行ったんだけど……」

美紅が空を見あげる。

「なぜか受かったんだ」

「そうなの！　おめでとう！　良かったね」

萌音が飛び跳ねる。

「うん。それも、これまでやったことがないような、気性の激しい女性の役で。なんだろう、オーディションのとき、母のことを思い出しながら演じてたんだけど、自分のなかにも母がいるんだな、と思って。怖いけど、それも自分だって思った」

美紅は遠くを見ながら言った。

「それでね、もう年始からその仕事がはじまるの。有名な役者がたくさん出る大きな仕事だから、けっこう日程がおさえられてて。あんまり自由は利かないんだ。もしかしたら学位授与式も卒業記念パーティーも出られないかもしれない。だから、ごめん、萌音たちが映画を作るとしても、そっちには参加できない」

「それは大事な仕事だもん、あたりまえだよ。そうか、でも、良かった。すごいね、これでスターの仲間入りだね」

　萌音がうれしそうに言った。

「そこまで甘くないよ。でも、こういう長い映画に出るのははじめてだし、まわりはみんなベテランだし、学ぶところがいっぱいあると思う。それに、この役でいいところを見せられたら、確実にステップアップできる。だから、がんばる」

　美紅は両手で拳を固めた。その姿を見て、今度こそ言わなきゃ、と思った。

「美紅、すごいね。実はあの……」

　いったん言葉を切り、深呼吸する。

「わたしも話さなくちゃいけないことがあって……。美紅みたいなすごいことじゃないし、言いにくいんだけど……」

「なんかあったの？」

　美紅が心配そうな顔になる。

「うん。就職やめて、実家に帰ることになった」

「え？」

萌音が目を大きく見開く。

「就職、やめる？　どういうこと？」

「母が倒れちゃったんだ。うちの両親は書店をやってて……。母がいないと店がまわらない。それに、母もしばらくは療養が必要で、家のこともだれかがやらないといけないから……」

「でも穂乃果はそれでいいの？」

「うん、昨日までは迷ってたんだけどね。そうしよう、って決めた。そうしないといけないから、っていうネガティブな選択じゃなくて、それが自分の道だって思ったんだ」

わたしは、子どものころから自分にとって家が営む書店が大事な場所だったこと、郷里の町にはいまはもううちしか書店がなく、うちが店を閉じたら書店のない町になってしまうことを話した。

「店を守りたいと思ったんだよね。それに、あの町を書店のない町にしたくないな、って。もちろん、いまはどこも書店はきびしいし、いつまでもつかわからない。それに、書店を求める人がゼロになったら、それはそれで仕方ないと思うんだ。でも、買いに来てくれる人がいるかぎりは続けたい。自分でやらないと、って思ったから」

「穂乃果、えらいね」

美紅が言った。

「全然えらくないよ」

わたしは笑った。

「実はね、ミニトレッキングのとき、上原さんの話を聞いたんだ。上原さんって、このホテルの経営者一族のひとりなんだって」

「ええっ、そうなの？」

萌音が仰天した顔になる。

「ホテルを継ぐ気はなくて、東京で就職したんだけど、身体を壊してこっちに戻ってきて、結局ホテルで働くことになったみたい。でも、自分はホテルの仕事に向かないと思ってたんだって」

わたしは上原さんから聞いた話をした。上原さんのお父さんが文筆家志望だったことも、夜、蔵書室でその本を借りて読み、深く感銘を受けたことも。

「ああ、それでさっき上原さんと本の話をしてたのか」

美紅が納得したように言った。

「そう。上原さんから話を聞いたときは、実家の仕事をすることになったのは似てるけど、自分とは全然ちがうな、って思ってた。うらやましかったんだ。軽井沢っていう有名な観光地の、こんな素敵なホテルだもん。ここを継ぐなら、東京での暮らしを捨てたっていい。けど、わたしの実家があるのはなんの特徴もないふつうの町で、店だって単なる町の本屋さんだもんね。美紅みたいに特別な仕事じゃないし、えらくもなんともないよ」

わたしはちょっとうつむき、また顔をあげた。

「でも、守りたいと思ったんだ。本は、人の知恵や心を遠くに送り届けるためのものでしょう？　書店は本を人に渡す場所。あたりまえで、全然すごくもえらくもないけど大事なことで……。自分にできることだと思ったから」

「えらいよ。そういう決断ができるってことがえらいと思ったんだよ。大人、ってことだから」

美紅がにっこり笑った。決断できるのが大人。そういうことがわかっている美紅こそ、見た目よりずっと大人なんだな、と思う。

「いいと思うよ。自分にとって大事なものを選ぶのがいちばんなんじゃない？」

萌音も笑った。

「でも、そっか……。ふたりとも映画制作はできないってことだね。実は……、わたしもそうなんだ」

萌音の言葉に、美紅が、えっ、と声をあげる。

「会社の都合で中国に行くことになっちゃって……」

「中国？」

わたしは訊いた。

萌音はゲーム制作会社で働くことになっていた。東京勤務という約束だったのだが、急に中国に行けと命じられたらしい。

「内定者のなかに中学まで中国に住んでいた学生がいてね。中国支社勤務は本来彼が行くことになってた。それが本人の事情で入社取りやめになったんだよね。けど、だれかは行かなくちゃならない。会社側はわたしが面接のときに中国のゲーム制作状況について話したことを覚えていたみたいで、それでわたしに、って話が出たみたいで」

萌音は卒論でも中国のゲームを取りあげていて、いろいろ調べていたせいで中国語もわりとできるみたいだ。それで目をつけられたのだろう。

「最初は契約とちがうし、内定を辞退しようかな、とも思ったんだけど。でも、中国支社はその会社としても力を入れている部門で、そこに行くっていうのはある意味大抜擢《だいばってき》なんだよね。それに、中国のゲーム業界を知らないと今後立ち行かなくなるのも事実だし、思い切って行くことにした」

急なことではあったが、三月半ばにおこなわれる学位授与式が終わったらすぐに中国に渡ることになっており、旅行から帰ったらすぐそのための研修がはじまるらしかった。

「じゃあ、結局、みんな春休みの映画作りはできない、ってことだね」

美紅が笑った。

なんだかさびしかった。もう学生時代は終わり。これからはみんな大人になって、それぞれの道を行く。それがはっきり見えてしまった気がしたから。でも、いつまでもふわふわと夢を追いかけているわけにはいかない。

美紅は役者になる。萌音はゲームを作る。みんなそれを仕事にするために、ここからがんばっていく。夢ではなく、現実的な目標だ。

わたしも書店で働きながら、小説を書き続けようと思った。自分が書きたいから書くのではなく、いつか自分の作った世界を多くの人に届けるため。多くの人に読みたいと思ってもらえるような小説を書いて、それが本になって、うちの書店でも扱えるようになったら。

それがわたしのこれからの目標。夢じゃなくて、もっと具体的な。大人になるというのは、きっとそういうことだ。

「だけどさ、撮って良かったよね、映画。あれがあったから、自分にもなんかできると思えた」

美紅の言葉にちょっと驚く。

「美紅もそんなふうに思ったの？　美紅はあのころから仕事もしてたし、なんでもできたのに」

わたしは訊いた。

「そんなことないよ。いろいろできたけど、それは、人から言われたことをやってただけ。そうじゃないんだよ、あの映画を作ったことで、自分でなにかを作ることができるようになった、っていうのかな」

美紅が答える。

「わたしもそう。あれがすごく自信になった。一から自分たちで作って、やり遂げた。だからこれからもできる。そう思えるようになった」

萌音がそう言って胸を張る。

「そうだね。きっとあの映画がわたしたちの原点なんだ。わたしも自分が物語を作りたいんだってわかったよ。それまで本はどこか遠いところで作られているものだと思ってたけど、自分にも作れるんだって」

わたしも言った。萌音や美紅の前で、そういうことを言い切るのが恥ずかしかったけれど、自分の目標なんだから、自分で責任を持たないといけない。その第一歩は、ちゃんと言葉にして、大事な友だちに伝えること。

「よし、じゃあ、穂乃果は小説家を目指そう。みんなそれぞれ自分の道でがんばって、いつかまた三人で映画を作ろう」

萌音が真剣な顔で言い、美紅もわたしも深くうなずいた。

「なんか、あのワークショップを受けたことで、気持ちが定まった気がする」

わたしはぼそっとそう言った。

「ほんと。わたしもそう思う」

「わたしも。不思議だよね、ただ手紙を書いただけなのに」

美紅と萌音が口々に言った。

「みんな、だれに宛てて書いたの？」

美紅がわたしたちを見る。

「わたしは、未来の自分。いつか、ここにもう一度来て、それを読もうと思って」

わたしは答えた。

「わたしはね、一昨年《おととし》亡くなった祖父に宛てて書いた。わたしのやりたいことをいちばん応援してくれた人だから」

萌音が言った。

「美紅は？」

萌音が訊く。

「別れた彼氏に宛てて書きました。渾身《こんしん》の怒りをぶつけました。言いたいこと、ぜーんぶ言ってやった」

美紅が晴れ晴れとした顔になる。

「おお、いいね！」

萌音が笑った。

「けどさ、苅部さんっていう手紙室の人、あの人、ただものじゃないよね」

美紅がひそっと言った。

「うん、わたしもそう思った」

萌音がうなずく。

「上原さんの話だと、ちょっと変わった人らしいよ。けど優秀なんだって」

くわしいことはわからないけれど、このホテル自慢のアクティビティ部門の長なのだ。きっとすごい人なんだろう。

「わかる。それにね、あの人には自分と同じ匂いを感じた」

美紅が目をきらっとさせた。

「同じ匂い？　どういうこと？」

「うーん、あの人も、なにかを演じてるっていうか……」

美紅が首をかしげた。

「あの人、わたしがどのインクにするか迷ってたとき、こんなのはどうですか、って言って、すうっと『Red Dragon』を差し出してきたんだよね。なんで赤？　って思ったけど、その色に引き寄せられちゃって。よく考えたら、赤いインクは絶交の色っていうじゃない？」

「そうだね……。緑も良くないっていうよね。中世ヨーロッパでは果たし状に使う色だったとか。赤も、血判状を思わせて相手に失礼だからダメって習ったような……」

「でも、わたしが書こうとしてたのはまさに絶縁状っていうか……。もちろん仕事上の付き合いは続くだろうから、会えばあいさつもするし、食事だって行くかも。いまの彼女と結婚することになって、結婚式に呼ばれたらちゃんと出席する。けど、もう個人的な関係は持たない。赤いインクを見てたら、そういう気持ちが高まってきて……」

「しかも、『Red Dragon』って……。名前も激しいよね」

萌音がくすっと笑った。

「そう、そうなの。なんだか『戦おう』って言われたみたいで。彼とじゃないよ。わたし自身と。それで、別れの手紙が書けた。もう書きたいこと全部書いて、でもちゃんと、最後にお礼も言ったよ。いっしょにいた日々はまちがいなくしあわせだったから」

美紅はそう言って、空を見あげた。きっと納得しているわけじゃないんだろう。でも、前に進もうとしている。美紅自身も言ってたけど、美紅はほんとに強いんだ。

「でもさ、わたしたち別に、あの人にだれに送る手紙を書くかなんて話してないじゃない？」

「たしかに……そうだね」

萌音がうなずく。

そういえば、わたしが選んだSea of Illusionも、苅部さんが薦めてくれたものだった。名前も色も、これしかない、と思ったし、実際、あの色だったから考えがまとまったような気がする。

「わたしが使った『霧雨』も、苅部さんが持ってきたインクだった。あの色を見たとき、おじいちゃんの匂いがふわっと漂った気がしたんだよ。ずっと忘れてたなつかしい匂いで……。あの色で手紙を書いていると、いろんなことを思い出して……」

萌音が言った。

「だからね、あの人、たぶんわたしたちが考えてることがわかるんだと思うの。もちろん超能力者じゃないから、正確になにがあったかわかるわけじゃない。でも、いまのこの人にはこの色が合いそう、って、勘が働くっていうか……」

「そんなこと、できる?」

萌音が目を丸くした。

「できるんじゃないかな。わたしたちの業界にもときどきいるよ、そういう人。すごく目がいいっていうのかな。視力ってことじゃないよ。顔を見て、心のなかを透かし見る、みたいな」

美紅が言った。そういえば朝、美紅にもなにかあった、と訊かれたんだった。

「あの人の目、すごく澄んでた。あの絵のなかのフクロウみたいに」

わたしが言うと、美紅がほんとだね、と言った。

「なにかが似てると思ったけど、あの目が似てたんだね」

そう言って、ふむふむとうなずいている。

「なるほどね。役者っていうのは表情や動きで感情を表現するのが仕事だもんね。だからその逆もできるのかも。人の表情の細かいところを読み取って、その人がいま抱えているものを推測する、みたいな……」

萌音が考えながら言った。

「そうかもしれない。どういう経歴の人かわからないけど、とにかくただものじゃないことだけはたしかだと思う」

美紅がふんと鼻を鳴らす。雲が空を流れていく。三人でしばらくじっと雲の動きを見ていた。雲の隙間に青空が見えて、それがだんだん広がっていく。

「そろそろ出かけようか」

萌音が言った。

「そうだね、今日は旧軽井沢でお昼を食べよう。それから……」

萌音が行こうと考えていたスポットを順番に挙げていく。そうしているあいだに青空が広がって、太陽も見えてきた。

あの映画の最後、主人公のふたりはちがう場所から同じ虹を見あげた。場所が離れているから厳密には同じ虹じゃないのかもしれないけど。そのとき一瞬、相手のことを思い出す。

最初からあのラストにしようと考えていたわけじゃなかったのだ。どうやって終わらせるかずっと決まらず、悩んでいた。たまたま撮影の日、虹が出た。それで閃《ひらめ》いたラストだった。でも、いいラストでしたね、と授賞式で審査員にも褒められた。

なにもかも思い通りになるわけじゃない。人生にはいろいろなことが起こる。でも、いつだって自分らしく生きることはできる。

「そういえばさ、実は夜、部屋で見ようと思って、あの映画のデータ、ちゃんと持ってきたんだよね。テレビにつなぐケーブルも持ってきたし」

萌音が思い出したように言った。

「けど、彼が出てるし、美紅は見たくないか」

そう言って苦笑いする。

「ううん、全然オッケー」

美紅がサムズアップする。

「それくらいでめそめそするような女じゃないって。オーディションだって、あいつを見返す、と思って受けたんだよ。負けないよ。男にふられたって、人生には勝つ」

「そうだそうだ、ビッグになって見返そう」

萌音が笑った。

「怒りも生きる力になるんだから！　なめんなよー」

美紅が、ははは、と声を出して笑い、わたしたちも、おおーと声をあげ、空に拳をふりあげた。

この作品は、集英社文庫のために書き下ろされました。

本文デザイン／アルビレオ

集英社文庫　目録（日本文学）

保坂展人　いじめの光景
保坂祐希　ビギナーズ・ライブ！
ほしおさなえ　銀河ホテルの居候　また虹がかかる日に
ほしおさなえ　銀河ホテルの居候　光り続ける灯台のように
星野智幸　ファンタジスタ
星野博美　島へ免許を取りに行く
干場義雅　世界のビジネスエリートは知っている　お洒落の本質
干場義雅　色気力
細谷正充・編　時代小説傑作選　江戸の爆笑力
細谷正充　宮本武蔵の『五輪書』が面白いほどわかる本
細谷正充・編　時代小説アンソロジー　くノ一、百華
細谷正充・編　野辺に朽ちぬとも　吉田松陰と松下村塾の男たち
細谷正充・編　新選組傑作選　誠の旗がゆく
細谷正充・編　時代小説傑作選　土方歳三がゆく
堀田善衞　若き日の詩人たちの肖像（上・下）
堀田善衞　めぐりあいし人びと
堀田善衞　ミシェル城館の人　第一部　争乱の時代
堀田善衞　ミシェル城館の人　第二部　自然　理性　運命
堀田善衞　ミシェル城館の人　第三部　精神の祝祭
堀田善衞　ラ・ロシュフーコー公爵傳説
堀田善衞　上海にて
堀田善衞　ゴヤ Ⅰ　スペイン・光と影
堀田善衞　ゴヤ Ⅱ　マドリード・砂漠と緑
堀田善衞　ゴヤ Ⅲ　巨人の影に
堀田善衞　ゴヤ Ⅳ　運命・黒い絵
穂村弘　本当はちがうんだ日記
堀辰雄　風立ちぬ
堀江貴文　徹底抗戦
堀江敏幸　なずな
本城雅人　医療Gメン氷見亜佐子　ペイシェントの刻
本上まなみ　めがね日和
本多孝好　MOMENT
本多孝好　正義のミカタ　I'm a loser
本多孝好　WILL
本多孝好　MEMORY
本多孝好　ストレイヤーズ・クロニクル　ACT-1
本多孝好　ストレイヤーズ・クロニクル　ACT-2
本多孝好　ストレイヤーズ・クロニクル　ACT-3
本多孝好　Good old boys
本多孝好　アフター・サイレンス
誉田哲也　あなたが愛した記憶
誉田哲也　フェイクフィクション
本多有香　犬と、走る
本間洋平　家族ゲーム
前川奈緒　深谷かほる・原作　ハガネの女
槇村さとる　イマジン・ノート
槇村さとる　キム・ミョンガン　あなた、今、幸せ？
槇村さとる　ふたり歩きの設計図

集英社文庫　目録（日本文学）

集英社文庫　目録（日本文学）

フレディ松川　不安を晴らす3つの処方箋　認知症外来の午後
松樹剛史　ジョッキー
松樹剛史　スポーツドクター
松樹剛史　GO-ONE
松樹剛史　エアエイジ
松澤くれは　りさ子のガチ恋♡俳優沼
松澤くれは　鷗外パイセン非リア文豪記
松澤くれは　想いが幕を下ろすまで　胡桃沢狐珀の浄演
松澤くれは　暗転するから煌めいて　胡桃沢狐珀の浄演
松澤くれは　転売ヤー殺人事件
松嶋智左　流《る》警《けい》　傘見警部交番事件ファイル
松嶋智左　流《る》警《けい》　新生美術館ジャック
松田青子　自分で名付ける
松田志乃ぶ　嘘つきは姫君のはじまり
松永多佳倫　沖縄を変えた男　栽弘義――高校野球に捧げた生涯
松永多佳倫　偏差値70からの甲子園　僕たちは野球も学業も頂点を目指す

松永多佳倫　偏差値70の甲子園　僕たちは文武両道で東大も目指す
松永多佳倫　まかちょーけ　興南　甲子園春夏連覇のその後
松永天馬　少女か小説か
松本侑子　花の寝床
モンゴメリ　松本侑子・訳　赤毛のアン
モンゴメリ　松本侑子・訳　アンの青春
モンゴメリ　松本侑子・訳　アンの愛情
丸谷才一　星のあひびき
丸谷才一　別れの挨拶
麻耶雄嵩　メルカトルと美袋《みなぎ》のための殺人
麻耶雄嵩　貴族探偵
麻耶雄嵩　あいにくの雨で
麻耶雄嵩　貴族探偵対女探偵
眉村卓　僕と妻の1778話
まんしゅうきつこ　まんしゅう家の憂鬱
三浦綾子　裁きの家

三浦綾子　残像
三浦綾子　石の森
三浦綾子　ちいろば先生物語(上)(下)
三浦綾子　明日のあなたへ　愛するとは許すこと
みうらじゅん　とんまつりJAPAN　日本全国とんまな祭りガイド
みうらじゅん　宮藤官九郎　どうして人はキスをしたくなるんだろう？
宮藤官九郎　みうらじゅん　みうらじゅんと宮藤官九郎の世界全体会議
三浦しをん　光
三浦しをん　のっけから失礼します
三浦英之　五色の虹　満州建国大学卒業生たちの戦後
三浦英之　南三陸日記
三浦英之　水が消えた大河で　ルポJR東日本・信濃川不正取水事件
三浦英之　帰れない村　福島県浪江町「DASH村」の10年
三浦英之　白い土地　ルポ 福島「帰還困難区域」とその周辺
三浦英之　災害特派員　その後の「南三陸日記」
三木卓　柴笛と地図

集英社文庫　目録（日本文学）

三崎亜記　となり町戦争
三崎亜記　バスジャック
三崎亜記　失われた町
三崎亜記　鼓笛隊の襲来
三崎亜記　廃墟建築士
三崎亜記　逆回りのお散歩
三崎亜記　手のひらの幻獣
三崎亜記　名もなき本棚
水上勉　故郷
水上勉　働くことと生きること
水谷竹秀　日本を捨てた男たち　フィリピンに生きる「困窮邦人」
水谷竹秀　だから、居場所が欲しかった。　バンコク、コールセンターで働く日本人
水野宗徳　さよなら、アルマ　戦場に送られた犬の物語
未須本有生　ファースト・エンジン
水森サトリ　でかい月だな
三田誠広　いちご同盟

三田誠広　春のソナタ
三田誠広　永遠の放課後
道尾秀介　光媒の花
道尾秀介　鏡の花
道尾秀介　N
三津田信三　怪談のテープ起こし
美奈川護　ギンカムロ
美奈川護　弾丸スタントヒーローズ
美奈川護　はしたかの鈴　法師陰陽師異聞
湊かなえ　白ゆき姫殺人事件
湊かなえ　ユートピア
湊かなえ　カケラ
湊かなえ　ダイヤモンドの原石たちへ　湊かなえ作家15周年記念本
宮内勝典　ぼくは始祖鳥になりたい
宮内悠介　黄色い夜
宮尾登美子　影絵

宮尾登美子　朱夏（上）（下）
宮尾登美子　天涯の花
宮尾登美子　岩伍覚え書
宮木あや子　雨の塔
宮木あや子　太陽の庭
宮木あや子　喉の奥なら傷ついてもばれない
宮城公博　外道クライマー
宮城谷昌光　青雲はるかに（上）（下）
宮子あずさ　看護婦だからできること
宮子あずさ　看護婦だからできることII
宮子あずさ　老親《ろうしん》の看《み》かた、私の老い方
宮子あずさ　ナースな言葉　こっそり教える看護の極意
宮子あずさ　ナース主義！
宮子あずさ　卵の腕まくり　看護婦だからできることIII
宮沢賢治　銀河鉄道の夜
宮沢賢治　注文の多い料理店

集英社文庫　目録（日本文学）

宮下奈都　太陽のパスタ、豆のスープ
宮下奈都　窓の向こうのガーシュウィン
宮田珠己　ジェットコースターにもほどがある
宮田珠己　だいたい四国八十八ヶ所
宮部みゆき　地下街の雨
宮部みゆき　R. P. G.
宮部みゆき　ここはボツコニアン 1
宮部みゆき　ここはボツコニアン 2 魔王がいた街
宮部みゆき　ここはボツコニアン 3 二軍三国志
宮部みゆき　ここはボツコニアン 4 ほらホラHorrorの村
宮部みゆき　ここはボツコニアン 5 FINAL ためらいの迷宮
宮本　輝　焚火の終わり(上)(下)
宮本　輝　海岸列車(上)(下)
宮本　輝　水のかたち(上)(下)
宮本　輝　いのちの姿　完全版
宮本　輝　田園発　港行き自転車(上)(下)
宮本　輝　草花たちの静かな誓い
宮本　輝　ひとたびはポプラに臥《ふ》す 1～3
宮本　輝　灯台からの響き
宮本　輝／吉本ばなな　人生の道しるべ
宮本昌孝　藩校早春賦
宮本昌孝　夏雲あがれ(上)(下)
宮本昌孝　みならい忍法帖　入門篇
宮本昌孝　みならい忍法帖　応用篇
深志美由紀　怖い話を集めたら　連鎖怪談
三好昌子　朱花の恋　易学者・新井白蛾奇譚
三　好　徹　興亡三国志一～五
三　好　徹　戦士の賦　土方歳三の生と死(上)(下)
美輪明宏　乙女の教室
武者小路実篤　友情・初恋
村上通哉　うつくしい人　東山魁夷
村　上　龍　テニスボーイの憂鬱(上)(下)
村　上　龍　ニューヨーク・シティ・マラソン
村　上　龍　ラッフルズホテル
村　上　龍　すべての男は消耗品である
村　上　龍　龍　言　飛　語
村　上　龍　エクスタシー
村　上　龍　昭和歌謡大全集
村　上　龍　KYOKO
村　上　龍　はじめての夜　二度目の夜　最後の夜
村　上　龍　メランコリア
村　上　龍　タナトス
村上　龍／中田英寿　文体とパスの精度
村　上　龍　2days 4girls
村　上　龍　69 sixty nine
村田沙耶香　ハコブネ
村　山　斉　宇宙はなぜこんなにうまくできているのか
村山由佳　天使の卵　エンジェルス・エッグ

集英社文庫　目録（日本文学）

村山由佳　もう一度デジャ・ヴ
村山由佳　野生の風
村山由佳　きみのためにできること
村山由佳　キスまでの距離 おいしいコーヒーのいれ方Ⅰ
村山由佳　青のフェルマータ
村山由佳　僕らの夏 おいしいコーヒーのいれ方Ⅱ
村山由佳　彼女の朝 おいしいコーヒーのいれ方Ⅲ
村山由佳　翼 cry for the moon
村山由佳　雪の降る音 おいしいコーヒーのいれ方Ⅳ
村山由佳　緑の午後 おいしいコーヒーのいれ方Ⅴ
村山由佳　遠い背中 おいしいコーヒーのいれ方Ⅵ
村山由佳　夜明けまで1《ワン》マイル somebody loves you
村山由佳　坂の途中 おいしいコーヒーのいれ方Ⅶ
村山由佳　優しい秘密 おいしいコーヒーのいれ方Ⅷ
村山由佳　聞きたい言葉 おいしいコーヒーのいれ方Ⅸ
村山由佳　天使の梯子

村山由佳　夢のあとさき おいしいコーヒーのいれ方Ⅹ
村山由佳　ヘヴンリー・ブルー
村山由佳　蜂蜜色の瞳 おいしいコーヒーのいれ方 Second Season Ⅰ
村山由佳　明日の約束 おいしいコーヒーのいれ方 Second Season Ⅱ
村山由佳　約束 ―村山由佳の絵のない絵本―
村山由佳　消せない告白 おいしいコーヒーのいれ方 Second Season Ⅲ
村山由佳　凍える月 おいしいコーヒーのいれ方 Second Season Ⅳ
村山由佳　雲の果て おいしいコーヒーのいれ方 Second Season Ⅴ
村山由佳　彼方の声 おいしいコーヒーのいれ方 Second Season Ⅵ
村山由佳　遥かなる水の音
村山由佳　記憶の海 おいしいコーヒーのいれ方 Second Season Ⅶ
村山由佳　地図のない旅 おいしいコーヒーのいれ方 Second Season Ⅷ
村山由佳　放蕩記
村山由佳　天使の柩
村山由佳　La Vie en Rose ラヴィアンローズ
村山由佳　ありふれた祈り おいしいコーヒーのいれ方 Second Season Ⅸ

村山由佳　猫がいなけりゃ息もできない
村山由佳　晴れときどき猫背 そして、もみじへ
村山由佳　てのひらの未来 おいしいコーヒーのいれ方 Second Season・アナザーストーリー
村山由佳　BAD KIDS
村山由佳　海を抱く BAD KIDS
村山由佳　風よ あらしよ(上)(下)
村山由佳　命とられるわけじゃない
群ようこ　トラちゃん
群ようこ　姉の結婚
群ようこ　でも女
群ようこ　トラブルクッキング
群ようこ　働く女
群ようこ　きもの365日
群ようこ　小美代姐《こみよねえ》さん花乱万丈《からんばんじょう》
群ようこ　ひとりの女
群ようこ　小美代姐さん愛縁奇縁

集英社文庫　目録（日本文学）

群ようこ　小福歳時記
群ようこ　母のはなし
群ようこ　衣もろもろ
群ようこ　衣にちにち
群ようこ　ほどほど快適生活百科
群ようこ　しない。
群ようこ　いかがなものか
群ようこ　小福ときどき災難
室井佑月　血《あか》い花《はな》
室井佑月　作家の花道
室井佑月　ああ～ん、あんあん
室井佑月　ドラゴンフライ
室井佑月　ラブ ゴーゴー
室井佑月　ラブ ファイアー
タカコ・半沢・メロジー　もっとトマトで美食同源！
毛利志生子　風の王国

茂木健一郎　ピンチに勝てる脳
百舌涼一　生協のルイーダさん　あるバイトの物語
百舌涼一　中退サークル
持地佑季子　クジラは歌をうたう
持地佑季子　七月七日のペトリコール
持地佑季子　ハツコイハツネ
望月諒子　神の手
望月諒子　腐葉土
望月諒子　田崎教授の死を巡る　桜子准教授の考察
望月諒子　鱈《たら》目《め》講師の恋と呪殺。　桜子准教授の考察
望月諒子　呪い人形
森絵都　永遠の出口
森絵都　ショート・トリップ
森絵都　屋久島ジュウソウ
森絵都　みかづき
森鷗外　舞姫

森鷗外　高瀬舟
森達也　A3《エースリー》（上）（下）
森博嗣　墜ちていく僕たち
森博嗣　工作少年の日々
森博嗣　ゾラ・一撃・さようなら　*Zola with a Blow and Goodbye*
森博嗣　暗闇・キッス・それだけで　Only the Darkness or Her Kiss
森まゆみ　寺暮らし
森まゆみ　その日暮らし
森まゆみ　旅暮らし
森まゆみ　貧楽暮らし
森まゆみ　女三人のシベリア鉄道
森まゆみ　いで湯暮らし
森まゆみ　『青鞜』の冒険　女が集まって雑誌をつくるということ
森まゆみ　彰義隊遺聞
森まゆみ　森まゆみと読む 林芙美子「放浪記」
森まゆみ　『五足の靴』をゆく　明治の修学旅行

集英社文庫　目録（日本文学）

森瑤子　情事
森瑤子　嫉妬
森田真生　僕たちはどう生きるか　めぐる季節と「再生」の物語
森見登美彦　宵山万華鏡
森村誠一　壁の目　新・文学賞殺人事件
森村誠一　終着駅
森村誠一　腐蝕花壇
森村誠一　山の屍
森村誠一　砂の碑銘
森村誠一　悪しき星座
森村誠一　黒い神《み》座《くら》
森村誠一　ガラスの恋人
森村誠一　社《しゃ》奴《ど》
森村誠一　勇者の証明
森村誠一　復讐の花期　君に白い羽根を返せ
森村誠一　凍土の狩人

森村誠一　悪の戴冠式
森村誠一　社賊
森村誠一　誘鬼燈
森村誠一　死《し》媒《ばい》蝶《ちょう》
森村誠一　花の骸《むくろ》
森本浩平・編　沖縄。人、海、多面体のストーリー
諸田玲子　月を吐く
諸田玲子　髭麻呂　王朝捕物控え
諸田玲子　恋縫
諸田玲子　おんな泉岳寺
諸田玲子　狸穴《まみあな》あいあい坂
諸田玲子　炎天の雪（上）（下）
諸田玲子　恋かたみ　狸穴あいあい坂
諸田玲子　四十八人目の忠臣
諸田玲子　心がわり　狸穴あいあい坂
諸田玲子　今ひとたびの、和泉式部

諸田玲子　尼子姫十勇士
諸田玲子　嫁ぐ日　狸穴あいあい坂
諸永裕司　ふたつの嘘　沖縄密約
門田充宏　ウィンズテイル・テイルズ　時不知《ときしらず》の魔女と刻印の子
門田充宏　ウィンズテイル・テイルズ　封印の繭と運命の標《しるべ》
八木圭一　手がかりは一皿の中に
八木圭一　手がかりは一皿の中に　ご当地グルメの誘惑
八木圭一　手がかりは一皿の中に　FINAL
八木澤高明　青線　売春の記憶を刻む旅
八木澤高明　日本殺人巡礼
八木原一恵・編訳　封神演義　前編
八木原一恵・編訳　封神演義　後編
矢口敦子　祈りの朝
矢口敦子　最後の手紙
矢口敦子　海より深く
矢口敦子　炎より熱く

集英社文庫

銀河《ぎんが》ホテルの居候《いそうろう》　また虹《にじ》がかかる日《ひ》に

2024年9月25日　第1刷
2025年3月12日　第3刷

定価はカバーに表示してあります。

著　者　ほしおさなえ

発行者　樋口尚也

発行所　株式会社　集英社
東京都千代田区一ツ橋2-5-10　〒101-8050
電話　【編集部】03-3230-6095
【読者係】03-3230-6080
【販売部】03-3230-6393（書店専用）

印　刷　TOPPANクロレ株式会社

製　本　TOPPANクロレ株式会社

フォーマットデザイン　アリヤマデザインストア　　マークデザイン　居山浩二

ISBN978-4-08-744694-4 C0193